将军台

——“时代楷模”张连印

刘世芬◎著

河北出版传媒集团
花山文艺出版社
河北·石家庄

图书在版编目（CIP）数据

将军台：“时代楷模”张连印 / 刘世芬著. -- 石家庄：花山文艺出版社，2022.4
ISBN 978-7-5511-6105-3

Ⅰ. ①将… Ⅱ. ①刘… Ⅲ. ①报告文学－中国－当代 Ⅳ. ①I25

中国版本图书馆CIP数据核字(2022)第048564号

书　　名：将军台——“时代楷模”张连印
Jiangjun tai Shidai Kaimo Zhang Lianyin
著　　者：刘世芬

策　　划：曹征平　刘国顺　徐　凡　郝建国
统　　筹：王立岗　刘松峰　邸明杰　张采鑫
责任编辑：王玉晓　尹志秀
特约编辑：高　瞻　梁　瑛
责任校对：李　伟
摄　　影：丁美宁
装帧设计：陈　淼
美术编辑：胡彤亮
出版发行：花山文艺出版社（邮政编码：050061）
（河北省石家庄市友谊北大街330号）
销售热线：0311-88643221/48
传　　真：0311-88643234
印　　刷：石家庄燕赵创新印刷有限公司
经　　销：新华书店
开　　本：700mm×1000mm 1/16
印　　张：13.75
字　　数：160千字
版　　次：2022年4月第1版
2022年4月第1次印刷
书　　号：ISBN 978-7-5511-6105-3
定　　价：35.00元

目 录

CONTENTS

引 子

永远的“将军台”

跟随无人机的视角，俯瞰山西省大同市左云县张家场村，但见林海浩瀚、松涛阵阵。以一座红顶凉亭为圆心的郁郁葱葱的绿色海洋，气势磅礴，风光无限。

这座凉亭就是矗立于左云县百姓心中的“将军台”。

河北省军区原副司令员张连印，退休后从河北省省会石家庄市回到左云县，十八年来，带领团队共植树一万八千余亩、二百多万株，将昔日连绵起伏的荒山秃岭变成了这片绿色的海洋。

左云县是张连印的家乡，也是他的战场。从一棵树到一片林，从风沙荒漠到塞上绿洲，在左云县的绿色奇迹里，有着张连印的执着坚守和不懈奋斗。这种奇迹是肉眼可见的：往日肆虐的风沙，神奇地减少了、消失了，即使偶尔“造访”，也至多在村边张望一下，很快就悄悄地溜走了……

张连印把目光投向远方，发表了铿锵有力的感言：“左云县地处首都外围，是京津风沙源重点治理地区。我们多栽一棵树，就能为首都人民减少一粒沙！”

一棵树与一粒沙，在晋北与首都之间，形成了一种奇妙无比的联系。

2005 年，在乡亲们的倡议下，左云县人民政府在张连印植树的高坡上建起了这座凉亭，并准备立一块刻有“将军台”的石碑。

张连印毅然推辞，坚持将石碑上的内容改成了“京津风沙源万亩小流域综合治理工程”。然而，在乡亲们心中，这里是永远的“将军台”。

高高的“将军台”，标注着张连印的生命海拔。他在走过了四十年的军旅之路后，又用一棵棵苍翠的獐子松将生命无限延伸。这个身量并不怎么高大的男人，已然在人生的第二战场上树立起一面永远的旗帜。

1977年，联合国防治荒漠化大会把北京列为荒漠化边缘化城市之一。日趋严重的沙尘暴，不仅影响了京津的生态环境和社会发展，也对城市建设造成了难以言说的困扰。

如今，我国在植树造林防风治沙方面取得了巨大成就：三北防护林、塞罕坝绿色长城、京津风沙源治理工程……张连印脱下军装后，怀着无比坚定的信念汇入国家植树造林防风固沙的浩荡洪流，奉献出一片葱翠的上百顷“塞上氧吧”。茫茫林海中的枝枝叶叶积聚着一位共和国将军对国家、对家乡深深的情意。

张连印经常对身边的人说：“看似简单的植树，实际上是在保卫首都，保卫京津冀。一棵树就是一个防风固沙的兵，千千万万棵树就是一道屏障。我会和这些小树苗一样，当好一个普通的兵，站好岗，放好哨，坚持到底。”就这样，张连印担负起了改善家乡生态环境和京津风沙源治理的责任。

2021年10月18日，在中央电视台《时代楷模发布厅》现场，主持人轻快地走上颁奖台，展示了两张照片：一张是身穿笔挺军装，英勇神武、意气风发的将军；另一张是身穿破旧迷彩服，席地而坐与几位农民谈笑风生的“老农”……主持人笑眯眯地告诉观众，两张照片中的人其实是同一个人，他就是曾担任河北省军区副司令员

身穿军装的张连印

张连印（左二）与村民们在聊天儿

的张连印，一位共和国的将军。

张连印被授予“时代楷模”称号的第四天，大同市人民政府网站发布了大同市退役军人事务局的一条消息，标题是“今天，全国各大媒体的头条留给我市这位将军”。

张连印以自己绿化家乡的实际行动，汇入了中国共产党人推进生态文明建设的洪流，闪耀着中华民族永续发展的“精神密码”。张连印被授予“时代楷模”称号后，与其他“时代楷模”一起，迅速地成为具有极强的先进性、代表性、时代性和典型性的模范人物，继而成为中国共产党和中华人民共和国的精神标签，形成时代精神的最佳映照。张连印这个名字，成为这个时代一颗最闪亮的星，通过媒体传播，被全国人民高度关注。他身穿迷彩服、肩扛铁锹伫立在山头，一抹晨光映照下的剪影稍显沧桑，但坚毅、卓然、目光如炬。他脚下那片绿色的海洋，油松、獐子松、云杉、新疆杨，一排排，一列列，犹如一个个士兵，在毛乌素沙漠边缘站岗放哨，保卫着家乡免于风沙侵袭。

当国家和各省、市的主流媒体都在宣传张连印的事迹时，张连印却说：“我虽然退休了，但共产党员的身份没有变，回到家乡，我仍然要尽一个共产党员的责任。”“我是一名退役军人、普通党员，在我回乡的十八年间，各级领导和有关部门、当地的人民群众，都给了我大力的支持；左云县历任领导对绿化荒山荒坡、植树造林都非常重视；现在我们万亩以上的精品工程就有十五处，所以这个荣誉是集体的，是大家的。我非常感谢组织，感谢党！我还要继续做好生态建设的宣传员、绿化荒山的战斗员、森林树木的护卫员！”

绿化家乡十八载，张连印从刚退休时浑身是劲、意气风发的将军，变成了一身泥土、满脸风霜的农民。在那些虽近花甲却激情燃烧的日子里，种树成了圆梦：种下几棵树，圆一个小梦；种下一片森林，就是圆世世代代人的梦。张连印深深懂得树与左云人命运之间的关系，正如“央视短评”所说，张连印“奋斗在不同的战场，守护着同一个家园”，二百多万棵树，分文不取，“一不要林权，二不要地权，三十年后无偿交还集体”。张连印“脱掉的是军装，没有脱掉的是本色”，他“以军人的血性和意志，征服了风沙，绿化了荒山”。在他身上，集中体现着一个革命军人、一个共产党人高度的政治自觉和时代担当。

2021 年 6 月 7 日至 9 日，习近平总书记在青海考察期间，再次提到一个关键词——“国之大者”，同时提醒全党和全国人民，“生态的事，关键是站在什么角度看问题”。面对百年未有之大变局，国内外经济形势复杂多变，就算经济发展遇到一定挑战，也要坚持守护生态的定力和格局，多算长远账、整体账、大局账，才能最终交出让人民满意的成绩单。这也正是“国之大者”的应有之义。

显然，张连印站在了国家的、全局的乃至全世界的高度，心怀“国之大者”。张连印经常提到的“塞罕坝精神”“右玉精神”都是在国有林场、国家行动中形成的，而张连印在左云县的这十八年，完全是他个人的选择，他将个人积蓄倾箱倒箧全部献给了左云县这片土地，不但心怀“国之大者”，而且坚定地成为“行之实者”。

“接下来让我们掌声有请‘时代楷模’张连印上台领奖。”四十多分钟的颁奖典礼，浓缩了张连印七十六年的人生，特别是回乡种树绿化荒山的十八年。在张连印被中共中央宣传部授予“时代楷模”称号的颁奖词中，出现了“新时代的甘祖昌”“穿军装的杨善洲”“初心使命的真挚坚守者”“‘两山论’的生动践行者”“革命传统的模范传承者”等词语。

这些用语叩动着在座每一位观众的心扉，继而随着电波，传向全国，传向全世界。人们不但记住了“张连印”这个名字，更渴望进一步了解这位“信仰如炬、初心如磐，卸甲不移志、退休不褪色，为党的事业拼搏不息、奋斗不止”的英雄人物。

在《时代楷模发布厅》颁奖的最后环节，随着深情的乐曲在大厅内响起，张连印的大女儿张晓梅深情地领唱：

门前老树长新芽，
院里枯木又开花。

张连印及家人在《时代楷模发布厅》录制现场

儿子张晓斌接下去：

半生存了好多话，
藏进了满头白发。

二女儿张晓花接着唱：

记忆中的小脚丫，
肉嘟嘟的小嘴巴。

乐声激扬，他们全家以及舞台上下的其他人一起唱了起来——

一生把爱交给他，
只为那一声爸妈。
时间都去哪儿了，
还没好好感受年轻就老了，
生儿养女一辈子，
满脑子都是孩子哭了笑了。
时间都去哪儿了，
还没好好看看你眼睛就花了，
柴米油盐半辈子，
转眼就只剩下满脸的皱纹了。
…………

在优美深情的歌声中，台上的嘉宾，台下的观众，以及大屏幕上来自河北、山西两省的百位云观众，双眼都闪着晶莹的泪花。

是啊，时间都去哪儿了？

那一刻，四百公里之外，左云县的漫山林木、遍野松涛都抢着回答：

我知道——

我知道——

第一章

坚定的五十八岁理想

山西省左云县介于北纬三十九度四十四分至四十度十五分之间。这里是张连印的生命原点、地理起点，也是他人生的落脚点，更是中国古代北方重要的地理带。

据说，北纬四十度线是一条神秘的横轴。打开中国政区图，你会惊奇地发现，北纬四十度线横穿了中国诸多各具特色的城市和风景区：丹东、秦皇岛、北京、大同、鄂尔多斯、乌海、酒泉、嘉峪关、敦煌、玉门、罗布泊……在这条神秘的中国自然脉络上，长城就是其上一个神奇的存在，蜿蜒盘桓一路向东，横亘在中国北方。多个民族在它的两侧相互打量、试探，彼此凝望，干戈玉帛，封狼居胥……这一条地理带不仅是不同山脉的接续连绵，还同时凝聚了中国从古至今的文化血脉。

有了这样的地理起点，谁还能怀疑北纬四十度投射到张连印生命里的那些雄浑与传奇呢？

幸与不幸的交织

1945 年这一年，中国人民已经看到了抗日战争胜利的曙光，但连年的战争使得地处晋北高原的左云县灾难深重。张连印恰恰出生在这一年中最冷的月份——1 月。冰天雪地，西北风肆虐，张家场村一个被无边的贫穷笼罩着的四面透风的家中，响起了一声婴儿响亮的啼哭。张连印来到了这个世界上。

这是一个三代同堂的家庭，爷爷奶奶已然老迈，父亲张弘虽正值壮年，却因终年劳作，积劳成疾。几年后的一天，张弘正在山上劳作，突然感到浑身不适，头重脚轻，天旋地转，强撑着回到家后，病情一日重似一日，直到有一天躺在炕上再也没能起来。

这时已到了 1949 年中华人民共和国成立前夕，张连印失去了生命中最重要的亲人，命运第一次向他露出狰狞的獠牙，全家人长时间沉浸在无边的悲痛中，几近崩溃。好在有大伯张浸、三叔张元的帮衬，乡亲们也帮着他们排忧解难，纷纷送来米和面，接济着这个没有一点儿经济来源的穷家。

幼小的张连印懵懂地面对着这残酷的现实。一次大伯张浸帮着他们挑水时，他悄悄地跟到井台，突然拉住大伯的衣襟，扑闪着眼睛问："我爹真的出远门了？"一句话把大伯问得泪流满面，他放下水桶把侄子揽进怀里说："是出远门了，很远很远，远得都回不来了。"

虽然似懂非懂，但张连印从此知道了生活中再也没有了父亲。那一刻，他仿佛一下子长大了，明白了自己虽然年幼，却是家里的男子汉，所以他帮着爷爷料理家务，帮着母亲照顾刚刚出生的弟弟，干一些力所能及的农活儿。又过了一年，爷爷奶奶看着日渐消瘦的儿媳，心想，年轻的儿媳理应寻找属于自己的新生活……于是，他们强忍悲痛劝说儿媳改嫁。

此后多年，三叔张元的儿子、张连印的堂弟张连雄经常听父辈们讲起当初张连印母亲改嫁时的往事。"让所有人意外的是，年仅六岁的我大哥，坚决不离开我爷爷奶奶，下定决心留下来照顾日渐老迈的两位老人。”至今想起来，张连雄依然泪光闪闪。

这个六岁孩子的所思所想让邻居们大吃一惊；同时，随着母亲和弟弟的离开，张连印成了孤儿。

张连印是不幸的，但又是幸运的，因为，他投入了中华人民共和国这个大家庭的怀抱。

张家场村民风淳朴，村民勤劳善良。自从张连印家遭遇了各种变故后，村里的人们就想尽一切办法去帮助这个无助的家。村干部多次登门，告诉张连印的爷爷：“如今是新中国了，有我们吃的，就不能让你们饿着；有我们在，你们就一定能渡过这个难关。”有人帮忙种地，有人送来粮食，全村男女老少都惦记着张连印这个可怜的孤儿。当然，人们也渐渐地喜欢上了这个谦和知礼的孩子。村里的女人们承包了他们全家缝补洗涮的事，这使得小小的张连印从头到脚都十分清爽整洁……这一桩桩、一件件看上去很小的事，却在张连印幼小的心灵深处播下了爱和感恩的种子。

大伯张浸小时候读过几年私塾，也算远近闻名的“秀才”。当初他目睹了小侄子在母亲改嫁时稚嫩而坚定的眼神，料定他日后必有建树。他和三弟张元商量，无论如何也要好好地把张连印拉扯大。

兵荒马乱的战争年代刚刚过去，大伯和三叔的家境都不富裕，尤其是大伯家，有六个孩子，全家八口人全凭大伯一个劳动力勉强支撑。但他们总会节省出一点儿粮食接济张连印家。更为难得的是，张浸会抽时间把自己学过的知识全部教给侄子：背《三字经》《千字文》，打算盘，背乘法口诀……张浸在某种程度上承担起了做父亲的责任。

幼年的张连印，虽饱尝生活的酸辛，但同时也感受到了乡情及亲情的温暖。他不仅学会了料理生活，而且承担起了照顾爷爷、奶奶的责任。中华人民共和国成立以后，为了提高国民素质，在全国开展了轰轰烈烈的扫除文盲运动；与此同时，全国各地都在如火如荼地兴办学校。张家场村也建起了有史以来的第一所完全小学。

已经七岁的张连印陷入矛盾之中。他真的想去读书，却又担心自己上学后，爷爷、奶奶没人照顾。正当他左右为难时，大伯、三叔和爷爷、奶奶商量后，决定送他去读书。奶奶用旧布头一针一线地给他缝制了新书包，学校减免了他的学杂费，爷爷在劳作之余编筐子卖钱供他上学……寒来暑往，一盏用墨水瓶自制的煤油灯，伴随着张连印度过了无数个清晨和夜晚。他在苦读中渐渐长大，并以优异的成绩回报着爷爷、奶奶、大伯、三叔以及乡亲们对他呵护备至的恩情。每次期中、期末考试，张连印的成绩都是前三名，学校颁发的奖状贴满了家里的一整面墙。

1958 年 6 月，张连印以全班第一名的成绩小学毕业，并以优异的成绩考入破鲁中学。

张连印深知这次升学的机会来之不易，所以格外珍惜，加倍努力。在艰难的生活中，学习知识为他的中学生活带来了前所未有的快乐，每次考试张连印的各门功课都名列前茅，成为班里甚至全校的优等生。

堂弟张连雄至今还记得自己父母讲过的张连印读书时的辛酸往事：张连印每次从学校回家，都会连吃三大碗三婶做的摩擦子饸饹（一种用土豆面和莜面做成的食物）。他那吃相吓着了三婶，三婶怕他撑着，让他慢点吃，懂事的张连印知道家家不易，以为三婶嫌他吃得多，便会放下碗。时至今日，张连雄回忆起来，仍泫然欲泣："那时穷啊！实际上我母亲是怕大哥突然吃得太多，撑坏了肚子。"

初三下半学期还差几个月即将毕业时，张连印夜以继日地遨游在知识的海洋里，并满怀信心地准备报考高中，家里却突然传来噩耗，年迈的奶奶病逝了。

剩下爷爷一个人怎么办？权衡再三后，张连印谢绝了老师和同学们的挽留，在继续学习和退学照顾爷爷之间，毅然选择了后者。

含泪告别了老师、同学们和心爱的校园，十几岁的他，还不足以承担生活的全部重担，甚至连当农民的资格都不够，但命运却给了他超乎想象的考验。

他毫不气馁，决定让自己成为一个合格的农民。结果他很快就学会了各种农活儿，而他学过的文化知识又让他成了一个有文化的农民，接着他成了生产队的记工员兼会计。他还学会了吹拉弹唱，学会了编筐子的手艺，成了村子里的文艺青年，还清了家里欠集体的二百多元粮款。相依为命的爷孙俩，渐渐地看到了生活的希望。

村民郭二仁的父亲曾是张家场村的老支书，见证了青年张连印的成长。郭二仁说："我爹那会儿是老书记，张连印是会计，无论谁问他得了多少工分，他都能立刻回答上来，根本不用翻账本。这么好的记忆力，我真是佩服。"

1962 年，又是一个滴水成冰的隆冬，爷爷已经在炕上躺了两个多月没下地。最终，老人家还是没能熬过那个寒冷的冬天，遗憾地走完了命途多舛的一生。这下，张连印彻底成了孤儿。

家　国

你们给我戴红花，
我把决心来表达。

到了部队听党话，

党叫干啥就干啥！

这段快板儿是张连印1964年2月入伍时，在左云县东街礼堂代表全体新兵表决心时即兴发挥的。时隔五十七年，2021年11月，他身穿褪色的迷彩服，站在他家祖屋的废墟上，挥舞着双臂，再次铿锵有力地说出了这段快板儿。他身后是张家场新村，不远处是他亲手种下的松树林，在夕阳余晖中，他的身影变得高大无比。

斗转星移，入伍之后的四十年，张连印一步一个脚印，完成了由一名士兵到共和国将军的大跨度转身。“铁打的营盘流水的兵”，开始时他是一个人，后来他带着全家，不停地“流动”在不同的城

张家场村旧址

市：邯郸、忻州、宣化、榆次、北京、石家庄，直至在河北省军区副司令员职位上退休。

1971 年，同县女教师王秀兰，走进了张连印的生命中，成为他的终身伴侣。

王秀兰出生于左云县西张士窑村（后来划归大同市新荣区）。她是跟随养父母长大的，她的养母其实是她的姑母。姑母也算名门闺秀，年轻时被一个伪军连长看中了，花轿迎娶的当日，她偷偷地把已经缠好的双足放开逃跑了。伪军连长一怒之下，毒打了她父母一顿，之后便不断地找碴儿，从此姑母家家道中落，一日不如一日。

姑母在三十多岁时，才与从河北省行唐县走西口来到左云县的小伙子王连海结了婚。他们一直没有孩子，就与哥嫂商定，如果嫂子生的第六个孩子是女孩儿，就跟随他们生活。巧的是，哥嫂的第六个孩子还真是个女孩儿，起乳名儿为“六女”。

养母性情耿直，果敢泼辣，养父更是把燕赵男儿的优秀品质带入了晋北这片土地。夫妻俩宁可自己忍饥挨饿，也要供“六女”读书，并给她起名儿“王秀兰”。王秀兰从小学到中学的学习成绩一直都是第一名，是全公社的名人。而她坚韧不拔、吃苦耐劳的品质让她在高小时就闻名全校了：学校要求人人参加翻地劳动，许多女同学累得哇哇大哭，但王秀兰从不因劳累流泪，劳动之余，别人哭作一团时，她却独自一个人在校园里背书。

在升初中时，王秀兰也考入了破鲁中学，但她与张连印只有不到一个学期的交集，对张连印唯一的印象仅是一个模糊的背影。当时张连印退学是轰动全校的大事，她也略有耳闻，不过他们的姻缘，要等到几年之后了。

王秀兰是当时全公社唯一一个升入高中的女生。1966年高中毕业后，她开始在东胜庄中学代课。1970年，王秀兰被派往朔县（1988年撤销，改设朔州市）师范进修，学校由旧时的一座教堂改建而来。那时，驻防在忻县（1983年撤销，改设忻州市）的原第63军188师的连长张连印已与女教师王秀兰见过两次面，正在忻县的军营里忐忑不安地等待着王秀兰的“裁夺”。

正值仲春，朔县师范院内，春光明媚，草长莺飞，王秀兰满怀深情地写了一首诗寄给张连印，确定了两个人的恋爱关系。直到今天，张连印仍能滚瓜烂熟、饱含深情、一字不差地背诵出当初王秀兰写给他的情诗——

桃杏花开满园春，
松柏树下答友人。
预告一事须知晓，
访君探友将赴忻。
此行何意？
消疑云，定终身，
倾诉心声。
愿友谊松柏常青，
避风月、昙花一阵。

张连印收到这封信后，战友们争相传看，高兴地庆祝张连印“脱单”。那时战士们家中都不宽裕，张连印的工资大部分借给了战友，还有一部分给连队买了器械，剩下的用于接济亲戚们或者给他们看病……张连印当兵后每月有六块钱津贴，第二年他就给大伯和三叔家各寄了十三块钱。堂弟张连茂比张连印小六岁，他清楚地记得他家收到那笔“巨款”时的情形：“那时的十三块钱可了不得，几乎相当于现在的一万块钱。钱是我从邮局取回来的，给我们家解决了大问题。那时我们全家只有一床被子，爸妈用这钱另外做了床被子，又买了粮食，还给我做了一件小夹袄，平时我舍不得穿，爹娘也不让穿，得到过年时才能穿。后来我父亲得了食管癌，三叔得了眼病，都是我大哥出钱给治的……”

张连印对王秀兰说：“我和战友们都是一样来当兵的，我提干当了军官，能挣到工资，而他们没有，我愿意拿出来给大家花。”

1971 年 8 月，王秀兰来到张连印的部队与他一起举办了简单的婚礼，自此开始了她与张连印辗转流徙、相濡以沫的婚姻生活。

2021 年冬天，张连印被授予“时代楷模”称号后不久，在张家场村，笔者向张连印提出了一个有点儿“刁钻”的问题：“2003 年您退休后，假如妻子坚决不跟您回来种树，您会怎么办？您即使一个人也要回乡种树吗？”

估计这个问题不止笔者一个人提过，张连印回答时已经不假思索：“我有十分的把握，她会跟我回来的！我当初找对象时就抱定了一个原则——一定要找左云老家的。因为我不知道自己会在部队服役多少年，找了王秀兰这个左云的人民教师，我无论何时转业，都可以毫不犹豫地回到左云老家！”张连印每当回忆起自己最初的这个决定时都格外自豪，不知他那时是否“计划”好了几十年后要回乡种树。

王秀兰在一边补充：“当初他说回乡种树，没有顾虑是不现实的，但我们对老家都有感情，特别是对树都有一种特殊的感情，并且，我也不能让他一个人回啊！”

笔者接着又问了张连印一个比较私人的问题："您记得三个孩子的生日吗？"

"还真不记得，只知道年份：晓斌是 1972 年的，晓梅是 1975 年的，晓花是 1978 年的。"张连印有点儿不好意思地说。

这就是张连印。他甚至把张晓梅的出生年份都记错了。他可以把抱树苗演示为护士抱婴儿，可以记住植树季的每一个时辰，但却记不清三个孩子的生日。当然，这也不能怪他，因为三个孩子出生时，张连印都在军事演习现场。

长子张晓斌是 1972 年 8 月出生的，在他出生前的几个小时，

2002 年春节，张连印全家合影

王秀兰仍在讲台上讲课，而张连印正在紧张地进行军事演习。张连印委托堂弟张连茂把王秀兰接到张家场村属于自己的那间旧房子里。王秀兰的养母正病着，张连茂只好把张连印的生母接来，王秀兰的大妹妹又从邻村请了一个接生婆。张晓斌顺利出生了，王秀兰算是完成了一个女人一生中的又一件大事。

大女儿张晓梅出生前，王秀兰在东胜庄中学教书，学校照顾她，分给了她一间小屋，一进门就是炕，张晓梅就出生在这个炕上。二女儿张晓花也出生在这个炕上。让王秀兰记忆最深的是，张晓梅出生七八个月后，张连印才回到家见到女儿，这时女儿已经“认生”，一见到张连印就哭，他这个爸爸只好转过脸去，扭着身子拍着孩子的后背哄孩子。

二女儿张晓花出生三个月后，跟着妈妈、哥哥、姐姐一起随军到部队，才第一次见到了爸爸。

对于父亲军旅生涯的记忆，兄妹三人不尽相同。

对于张晓斌，最“经典”的桥段则是“父子对面不相识”了。

童年时的张晓斌对父亲的印象很是模糊，脑子里只有一个不太清晰的背影。他六岁时与母亲、妹妹们一起随军来到山西省忻县。那时张连印正在宣化炮兵学院进修，两年间，他只有放假时才回来，而回来后也是经常留在部队。张晓斌几乎见不到父亲，他跟许多部队大院里的孩子一样，见到穿军装的男人就喊爸爸，而那些军人一般都会耐心地告诉他：“我不是你爸爸，你认错人了。你是谁家的孩子啊？”

张连印从宣化炮兵学院进修回来后被提拔为团长。家属院与营区只隔着一条马路，但张连印每天晚上都要在部队检查一遍，等全部熄灯之后才回家，这时张晓斌早就睡着了；早晨张连印又会早早起来回到部队，带队出操，而这时张晓斌还没醒来。所以他们父子真正见面的时间少之又少，父子之间，几近陌生。

不久后，张连印带领着部队到山西省阳曲县野营拉练，而王秀兰和孩子们却在这时候都病倒了。张晓斌的脚上长了一个大疖子，几乎不能走路，而王秀兰和两个女儿都得了重感冒，全家人都躺在了炕上。听说部队的放映队要去张连印的驻训部队放电影，王秀兰挣扎着起来给张晓斌打了一个小小的行李卷儿，让他坐着放映队的大卡车去找爸爸看病。

张连印带领着部队驻扎在阳曲县的一个山沟里，道路崎岖不平，卡车一路颠簸，过了很久，才终于停了下来。放映队的人让张晓斌坐在驻地门口外边的一个台阶上，说："你就在这里坐着别动，一会儿你爸爸就回来了。"

张晓斌等了很长时间，焦急中，他看见一个军人走了过来。这人正是张连印。他走到张晓斌跟前，而张晓斌也看见了张连印。张连印琢磨："这个小孩儿怎么这么像晓斌呢？"但他又摇摇头："晓斌怎么可能来这里呢？"张晓斌心想："这个人我不认识啊。"张连印转身走了，而张晓斌仍然坐在那里继续等。不一会儿，刚刚从放映队得到消息的通信员跑过来对张晓斌说："你爸回来了，快跟我来！"

通信员带着张晓斌来到张连印面前，父子俩异口同声道："刚才就是你？！"

张连印了解了张晓斌的病情后，赶忙带着他到卫生队做了简单的处理，又开了点药。张连印太忙了，实在没时间照顾儿子，电影放映结束后，他就让张晓斌又跟着放映队回到了忻县。

张晓梅出生的时候，是王秀兰的养父找人接生的。张晓梅出生后不哭不闹，也不吃东西，姥爷半夜找到接生婆讨来“小儿安”给她喂下去，她才缓过来。王秀兰没有奶水，又没有奶粉，只能从供销社买来粗粗的饼干烤热泡软了喂她。王秀兰记得，和张晓梅几乎同时出生的几个女孩儿都白白胖胖的，而张晓梅的脸上有一块痂，并且总饿得睡不踏实。直到半个月后王秀兰的养母来了，并且买了一罐炼乳，张晓梅才有了一点儿营养品。

张晓梅的性格就像男孩儿，因为吃不饱，她经常爬过墙头到营区捡一些吃的。张晓梅说：“那时战士们会把吃不完的腌蒜跟炉渣一起扔到垃圾堆里，我就爬过去捡起来吃。其实爸爸完全可以从食堂里拿点东西回来给我们吃，但他从来不会那么做。我们写字用的铅笔头都捉不住了，他还不让扔……”

张晓梅永远不会忘记的是“那块面包”。那是张连印去县里开会带回来给她的，那时人们哪儿见过面包！当时，张晓梅与同学们一样都会带午饭，放在教室的炉子上烤热，经常有同学会带着美食炫耀，而她从来没有什么可炫耀的。这次她终于有了一块面包可以在同学们面前炫耀一下了。可谁知，有个小女孩儿非说那是她的面包，把张晓梅气得眼泪直流。更可气的是，老师竟然真的把“那块面包”“判”给了那个女孩儿，老师的理由是：张晓梅家穷，不可能有面包！

最终，张晓梅失去了“那块面包”。

“那时我们刚随军，吃的是供应粮，不够吃，穿得也破，甚至比不上村里的一些人家，所以老师和同学们都觉得我们家最穷。”张晓梅想起当年的事情，依然有些委屈。

即便如此，善良的张晓梅却从不记仇。有一次，一个孩子恶作剧，抓住她的手把另一个同学的铅笔盒推到了地上，铅笔盒里装着的一支钢笔摔坏了，而当时没有几个人买得起钢笔……她吓坏了，回到家缩到墙角不敢出来。同学的奶奶果然找上门来，张连印赶紧给人家修好了。

不久，张连印获得了“部队神枪手”的荣誉称号，奖品就是一支钢笔！他自己没舍得用，把它送给了张晓梅。张晓梅拿着钢笔，轻轻地摩挲着它银灰色的外壳，注视着钢笔上“部队神枪手”的印痕，心中充满了欣喜与自豪。这支钢笔陪伴了她很久很久。

张连印被提拔为副师长后，全家要搬到榆次。那天，张晓梅正在上课，勤务员来到教室告诉她要搬家了。她离开前，竟然把那支钢笔送给了那位把“那块面包”“错判”给了别人的老师。张晓梅说：“我也说不清当时的心情。那位老师后来很是愧疚，我也就不再记恨她了。”

“爸，后天学校就放假了，我后天中午到忻州火车站。”已经读军校的张晓梅在放寒假前，告诉了爸爸回家的消息。

随着火车有节奏的哐当声，窗外的树木一棵棵被甩在身后。“忻州站到了，请旅客们带好随身行李物品下车。”播报声让张晓梅心跳加速，她想：“爸爸会来接我吗？就算他忙，肯定会派个人来吧？爸爸当团长的时候我就没有坐过军车，现在他当师长了，会不会给我一个惊喜，让我风风光光地坐着军车回家属院呢？”虽然知道这不是父亲的风格，但她仍然有些期待。

张晓梅拎着大箱子，快速地出了站，她环顾四周，一个熟悉的身影也没看到。出站的人陆续都走光了，她还是没等来父亲的车，尽管早有心理准备，但她还是有些失望。

张晓梅只好一个人拖着大箱子找了辆连棚子都没有的“蹦蹦车”。她窝在车上，看着掉了漆的车斗，吹着刺骨的寒风，哪里有半点儿师长女儿的优越感！

“师傅，停在这里就可以了！”离部队大院门口还有二百米的时候，张晓梅慌忙下了车，把大衣的领子竖起来，一手抓着领子捂着脸，一手拖着箱子快步往家走。

见到父亲后，张晓梅埋怨道：“堂堂师长的女儿回趟家竟然这么狼狈……”张连印安慰她：“我自己每次回老家，下了公共汽车还要步行一个小时才能到家，给老家的人带的米面粮油也是一路肩扛手提。你现在还能找到一辆三轮车，已经很不错了，咱们不能爱慕虚荣。再说了，虽然回家的路上辛苦了点，但对你却是一种锻炼。”

哥哥张晓斌也过来安慰：“你趁早丢掉坐咱爸专车的这个幻想吧，这么多年咱家人谁享受过这个待遇？”

张晓梅冷静下来想想，也是啊，小时候妈妈带着他们兄妹三个人拎着大包小包来部队探亲没享受过，当年哥哥当兵回家探亲也没享受过。从那儿以后，她再也不奢望能坐上爸爸的专车了。

很多年以后，张晓梅开着自己的私家车，拉着已经解甲归田的父亲回老家，跟他开玩笑说：“当年您有车不让我们‘沾光’，现在我也不应该让您沾我们的光。”张连印笑着说：“谁让你是我张连印的女儿啊！”

这些优秀品质直接影响了张晓梅的一生。她从部队转业到河北省高级人民法院后，从书记员做起，到助理审判员、副庭长，再到国家法官学院河北分院副院长，一步步成长起来。2002 年参加第一届国家司法考试，她是河北省第一个通过国家司法考试的军转干部，也是河北省高级人民法院第一位法学博士。现在她担任河北雄安新区中级人民法院副院长。

相对于张晓梅的干练爽朗，张晓花则显得娴静温柔，但命运却把不幸的种子种在了她的童年。她十岁那年，有一次在学校上体育课玩“跳山羊”游戏，同学们一个个玩得都很开心，可当别人双手按住她的后背跳过去后，她却疼痛万分地趴在地上不能起身了。

或许应该感谢那次体育课，让张晓花的病尽早暴露了。到医院检查后，才知道她的脊柱后下方长了一个囊肿，压迫着神经，导致腰背疼痛。张连印立即带着她到北京做了手术。张晓梅清楚地记得，张连印极为担忧张晓花的病情，曾痛心地说：“如果可以换小女儿的健康，我宁可得病的是自己……”事后，细心的张连印把病历全部打印出来并保存好。

十七年后，张晓花刚刚做了母亲，这个病又复发了。其时张连印已经回乡种树，他听说后，立即带着张晓花再次来到北京，竟然找到了十七年前给她做手术的医生。张连印当初打印的病历帮了大忙，连医生都惊讶于张晓花有这样一位细心的父亲。对这件事，张晓花的丈夫杨志新记忆犹新。杨志新是忻州人，是张晓花中学时的同桌。他亲眼看到岳父仔细地保留着张晓花的病历档案，被岳父的缜密严谨所深深打动，对这位岳父刮目相看。杨志新说：“我岳父对子女的爱，区别于常人，有着特别的表现方式。”

几年后，张晓花的病复发时，张连印自己也躺在了手术台上。现在的张晓花，由于手术影响到了腰部神经，走路时只能慢慢地挪移。

笔者曾问杨志新：“如果晓花第二次犯病是在2003年，也就是你岳父决定回乡种树的那一年，你觉得会影响他回乡的选择吗？”

“不会。以我对岳父的了解，他认准的事，没有什么会挡住，他会尽自己的能力妥善安排好，当然这并不是说他不关心晓花。他肯定会想尽一切办法妥善解决给晓花治病和他种树之间的矛盾，他有这个能力。”

笔者又问张连印：“假如，我是说假如，晓花的病是在2003年您即将回乡种树时复发，您还会选择回乡种树吗？”

“晓花的病一定要看好，树也要种，我会想尽一切办法安排好。”张连印自信地说。

张晓梅和张晓花姐妹俩都爱唱爱跳。采访完张晓梅后，她情不自禁地哼唱起了《时间都去哪儿了》。几天后笔者见到张晓花时得知，在2012年接受大同电视台采访时她唱过《塞外好》，笔者请求她再唱一遍。一向腼腆的张晓花大方地站起来，满怀深情地唱起这首歌：

赞歌一曲乘风飞，
谁不夸自己的家乡美。
地广任花开，天高任鸟飞。
这里有鲜艳的山丹花，
这里有不凋的干枝梅，
画眉鸟唱歌音色好，
百灵鸟儿叫声脆。
哎，可爱的大同，美丽的大同！
赞歌一曲心儿醉，
我的家乡实在美。

赞歌一曲乘风飞，
谁不夸自己的家乡美。
农牧齐发展，

喜报映山水，
莜麦铃儿随风摆，
胡麻桃儿圆又美，
蒙古羊儿多又大，
大同的马儿壮又肥。
爱你心似火，
唱你歌声脆。
祖国是个聚宝盆，
大同是盆中的绿翡翠；
祖国是个大花园，
大同是园中的红玫瑰。
哎，欢腾的大同，飞跃的大同！
赞歌一曲心儿醉，
我的家乡实在美。

这首歌原唱是女歌唱家马玉涛，唱的是河北省坝上地区。在唱歌前，张晓花曾特意说明，她在录节目时，把原歌词中的“坝上”“张北”都改成了“大同”。这次依然改成了“大同”。张晓花的歌唱得字正腔圆、饱含深情，看得出，她像他的父亲张连印一样无比热爱自己的家乡。

一个人的“逆城市化”

大半生的军旅生涯注定了张连印与一座城市的不解之缘，这就是河北省省会石家庄市。

石家庄堪称张连印的第二故乡。从1995年到2003年，他先后任第27集团军副军长、河北省军区副司令员。王秀兰最后也退休在石家庄。在这一时期，张连印的子女们先后成年，并在石家庄成家立业，全家人与这座城市的联系密不可分。

临近退休那几年，王秀兰发现张连印时常若有所思。特别是休假回到张家场村探亲时，她发现丈夫总是在思索着什么。张连印看到，经过多年的发展，乡亲们住上了大瓦房，开上了摩托车，物质生活今非昔比，然而站在村子里向四周望去，几乎看不到绿色，风沙还是拍得窗户啪啪作响。这让张连印陷入了沉思。

2003年3月，按照部队服役期限要求，上级一纸命令，宣布张连印退休。

在四十年的军旅生涯中，张连印接到过无数道上级的指示、命令，几乎每一道都如同一张拉满的弓，会让他这支时刻搭在弓上的箭飞快地射出去。而这次却不同，这一道命令意味着他将离开自己一生钟爱的绿色军营。他太热爱军队了，尽管他清楚退休也是为部队建设作贡献，但是对火热的军营生活，却委实难以割舍。宣布命令那天，他心潮起伏，久久不能平静，面对自己的首长和部下，他表示无条件地服从组织决定，一定搞好交接工作，站好最后一班岗。

2003年3月25日，张连印在办公室对着整容镜精心地整理好自己的军装，庄严地站在党旗和军旗前，敬了他军旅生涯中最后一个军礼。

2003年，人类战胜了“非典”，三峡大坝蓄水，神舟五号升空，特别是国家提出了科学发展观：可持续，就是要统筹人与自然和谐发展，处理好经济建设、人口增长与资源利用、生态环境保护的关系，推动整个社会走上生产发展、生活富裕、生态良好的文明发展

张连印在整理军帽

道路。这仿佛与张连印的思考正在悄悄地发生着某种神奇的契合。

这一年，张连印五十八岁。

他想道："张连印啊张连印，你这辈子在军营建功立业，也算功成名就了，但你能不能再干一件功在当代、利在千秋的大事呢？"

张连印对故乡左云县有着深厚的感情和挚爱："我喜欢这片土地，它苦难深重但雄浑广阔，有厚重的历史感……"乌有反哺之义，羊有跪乳之恩。在多年的军旅生涯中，他其实一直在隐隐地准备着什么，一个愿望顽强地存活于他心中的某个角落，尽管有时连他自己也未必十分具体地明了，只是平时忙碌的状态抑制了他的那个想法。他退休了，这个念头也终于顽强地抬起了头。

在私下里，他先跟王秀兰商量："我是吃百家饭、穿百家衣长大的，乡亲们对我的恩情我一辈子也忘不了。没有乡亲们，就没有我的今天，我总想为老家办点事……我想回家种树，治沙！”

王秀兰虽然知道丈夫的脾性，但依然试着劝他：“我不反对你为乡亲们造福，但咱都这个年龄了，种树那么辛苦，你能受得了吗？咱们还是捐点钱吧？照样能表达咱们的心意。”

“可是捐钱能捐多少？咱们能有多少钱？钱总有一天会捐完，钱捐完了也不会有多大影响，对乡亲们的帮助也极为有限。而种树，效应是长远的。你看村里生活虽然好了，但风沙仍没彻底治理，咱就给家乡治沙吧！”

王秀兰看张连印如此坚持，只好听丈夫的。

可这毕竟是全家的重大转折，张连印把三个儿女和儿媳、女婿全部召集到家里，颇有仪式感地郑重宣布：“我准备回老家张家场村植树造林，改善生态环境。”

子女们面面相觑。这些年，他们身边的叔叔、伯伯们退休后的选择虽然五花八门，但不外乎给子女带孩子、旅游、健身等。当然，也有一些人到某个公司兼职，拿着年薪，还有车有办公室，干得风生水起……

而张连印却作出了回家乡种树的决定！

左云县的产煤量在山西省位居前列，是全国著名的产煤县。2003 年，正是煤炭产业兴盛的时期，当时全县统计在册的煤矿就有三百多座。

左云县的煤，质量高，口碑好，发热量高，含硫量低，在市场上非常抢手。煤矿之于左云县的意义，只有身在其中的人才能明白：左云县与右玉县犹如孪生兄弟，但由于右玉县煤矿极少并且煤的质量差，很长一段时间一直是国家级贫困县，而左云县却因开采煤矿早就步入了小康县行列。

然而，一些煤矿承包商的眼睛只盯着效益，加紧开采，而且很多还是破坏性的开采，使当地生态环境受到了极大的破坏……这些，张连印都看在眼里，急在心上。

张将军退休返乡的消息不胫而走。

他可是左云县历史上第一位将军啊！

许多公司老总冲着这个“头衔”，闻风而动，纷纷上门，邀请他“出山”，希望他成为自己公司的“顾问”，或者更直白一点儿说就是“靠山”。张连印回到左云县才知道，当时在县里担任主要领导职务的人，甚至县委书记和县长，都是自己的老熟人，只要他开口，他们就一定会尽全力帮他。

他回到村里，本家兄弟们更是成了一锅沸水：“大哥，你挑个头，带领大伙儿进入市场闯荡一番，也把咱这个一直贫穷的家族振兴一下！”

听了他要植树的决定后，堂兄弟们个个都摇头：树木十年不成材，不如挖煤赚钱快。在穷山荒坡上投资植树，是只赔不赚的买卖，绝对不如去搞实业实惠。快人快语的堂弟张连雄更是瞪着眼，说：“张家场村还能种树？遍地丘陵山区，种树比开发南泥湾还要难上加难，快回你的石家庄享清福去吧！”

面对诸多质疑，张连印对所有的人果断地说：“我出生在张家场村，喝十里河的水、吃左云县的粮长大，在部队四十年，没有各级党组织、各级领导的培养关心，没有群众的支持，就没有我的今天。违背我的初心、违反党和国家政策的事，我坚决不干！我已经决定，回乡种树！”他的话铿锵有力，掷地有声。

许多煤老板接连吃了闭门羹后，纷纷把“不合潮流”“不讲情面”“倔老头儿”诸多名号送给了张连印。

张晓斌当时刚刚被石家庄陆军指挥学院录取为硕士研究生，事业正蒸蒸日上，一下子难以接受张连印的这个决定。“当时我和妹妹们都不太理解，心想，他辛苦半辈子了，国家给他的待遇也不低，退休了就好好休息呗，实在没事就帮我们带带孩子……”而张晓斌又最了解父亲，父亲决定的事不可能更改，“可我们又知道他是个闲不住的人，平时上下班有专车都不坐，现在让他去游山玩水、含饴弄孙，或者去公司里兼职挣大钱，他绝对不会干。他一直牵挂着我们老家，想着那里的父老乡亲。他把全家召集起来，这就非常郑重了。最后我妈说跟着他一起回去种树，我们觉得这样他们能相互有个照应，也就理解支持了。”

儿媳符青梅，以及张连印的亲家，都希望张连印和王秀兰留在石家庄。那时，张晓斌的儿子刚刚四岁，两位亲家都已退休，为了方便照顾孩子，他们特意把房子买到了离张连印的住处很近的地方。“我父母想得很好，四个人一起给我们带孩子，闲暇时一块儿甩个扑克、做点美食、出去旅游，多热闹。”符青梅说，“我公公、婆婆跟我父母很能说得来，天天一起吃饭、一起玩，特别默契。”

符青梅与张晓斌是青梅竹马。符青梅的出生地是左云县的水窑乡，父亲与张连印是战友，从小他们两家就住在家属院的前后院。此时他们都退休了，亲家老两口儿做了美好的畅想：四个老人可以一起打牌、健身、旅游。然而，他们万万没想到，张连印戎马一生，退休了偏偏又要回到那个风沙遍地的老家。

符青梅对那个充满仪式感的家庭会议至今记忆犹新：“那时都想让他也去弄个矿，可是你猜我公公怎么说？‘我革命了一辈子，让我开煤矿我坚决不干！’我公公说的这话我记得一清二楚。亲戚们对他说，以他的名义开煤矿，就打他个旗号，但我公公非常坚决地拒绝了。他一直说老家的乡亲们怎么对他好，他也没给他们办过什么实事，总想着退休了通过什么方式补偿一下乡亲们。其实他心里早就拿定了主意，这个家庭会议就是向我们通报一下，以得到我们的支持。”

张晓梅那时是河北省高级人民法院的书记员。她回忆说：“我们也劝他，如果非要种树，就找个近点的地方，我们也能帮上忙，比如在平山、井陉、鹿泉等地方找个山头，在哪儿不是种啊！但他对老家的感情特别深，一般人是不能理解的。”平山县有张连印的老部下，听说他退休了想种树，都给他找好了山头，但张连印非常坚决地选择了回左云县。

张晓梅的丈夫张玉峰也记得当时的情景：“那时住在 27 军家属院。我岳父召集我们到客厅里，告诉我们他要退休了，不想闲着，还想干点事，并且要干有意义的事！我们都有点儿发蒙，心想，像他这把年纪了，再折腾能行吗？但我看得出，其实他早已深思熟虑过，他这想法并不是突然就有的。他给我们讲了很多：他从小到大的身世、从普通战士到副司令员的经历以及党和军队对他多年的培养，讲到动情处还流了泪。最后我们看他态度非常坚决，而他也就这么一个心愿，也就都表示支持了。因为，你就是不支持，也改变不了他的态度，反倒不如尊重他的选择。这也是我岳父做事的风格，他决定的，不可更改。”

杨志新是张家的二女婿，他当时正要和张晓花结婚，因为“非典”疫情，婚期推迟了。那时他在忻州工作，还没调到石家庄，于是忻州、石家庄两边跑。他对准岳父家的事情了解得不如哥哥、姐姐多：“他说要回老家种树，我当时也没当回事，觉得他可能在开玩笑——那么恶劣的环境，又没有收益，不可能吧？后来，时间长了，我知道了他是认真的，并且把它当成了一项至高无上的事业。”

张连印不打无准备之仗，像在之前的沙盘上推演练兵一样，制订了周密详尽的“作战计划”。他先考察了张家场村的环境。5月的左云，虽然已经立夏，但天气却仍然拖着春的尾巴，在寒暖之间徘徊，风沙裹挟着寒流，时不时地袭来，顺着干涸的十里河滩由西向东长驱直入。因为风沙肆虐，张家场村的耕地逐步被沙石蚕食，全村土地面积一万七千亩，耕地只占百分之三十六。滚滚黄尘，遮天蔽日，飞沙走石，横扫良田……伫立在十里河畔的荒滩上，五十八岁的张连印内心无比沉重。

从1964年2月参军入伍到2003年，他已经离开故乡近四十年，经过了将近半个世纪的发展，养育他的家乡却仍然被恶劣的气候困扰着：虽然乡亲们的土坯房变成了砖瓦房，但山坡上依然是荒芜一片；一些人凭着当地得天独厚的煤炭资源致富了，却使漫天的风沙里又多了煤灰粉尘。这不能不让张连印痛心疾首，他不忍心再看着乡亲们过喝风吃沙的日子。他告诉身边的人：“我必须回家乡种树！我只想用有限的时间和有限的精力，在有限的范围内为家乡人民做点事。”

正式退休时，他并未直接回左云县，而是先到了太原。那时正是农民工返城的季节，他们大包小包、拖家带口、疲惫不堪地拥挤在列车上，各种熟悉的气息扑面而来。硬座尽管不是很舒服，可还是让张连印这个农民出身的将军感到了亲切和温馨。张连印说：“我当兵的时候对军事研究得头头是道，并曾是国防大学的全优生，但当种树成为我人生历史性的选择时，以前的那些战略战术则必须封存起来。我回来植树，就要找林业厅、造林局，还要找治沙专家。”

张连印在忻州当过师长，此时，张连印的许多战友已经转业到了太原，遍及各个行业和各个领域。张连印收获满满："山西省林业调查规划院在造林规划方面给了我很大的支持，也帮我打通了一些学习的渠道，推荐了好多专业杂志，比如《国土绿化》《林业科技》《园林》等。他们的支持让我更有信心和力量了。后来他们带着技术人员多次来到张家场村，一住就是许多天。他们是我的老师，更是我的朋友。"

就这样，2003 年的张连印，勇敢地成了一名城市"逆行"者，返回了张家场村。他要给乡亲们留下一片与军装一样绿的绿洲。

第　二　章

一棵树与一粒沙

左云人曾经的梦魇

左云县位于山西省西北边缘，隔着古长城与内蒙古自治区凉城县接壤，濒临毛乌素沙漠，形成了典型的黄土丘陵缓坡风沙区、北方荒漠化土地集中分布区，沙尘暴危害严重，植树种草成活率很低。这片塞北高原，还是京津沙源风口，夏天酷热，冬季严寒，终年大风。因此，早些年人们的脸颊上多数烙有“高原红”的印记。大风与沙尘，早已成为左云县人多年来挥之不去的梦魇。

沿荣乌高速一进入大同的地界，就能看到密密麻麻的风力发电机远远地矗立着，边、堡、墩、寨、烽、燧等边塞文化遗迹遍布，那是左云县悠久的历史以及深厚的文化底蕴的有力见证。然而，也正是由于地理和历史的原因，人们对它最深的记忆只留下了两个：煤炭和风沙。

煤炭加快了左云县人迈入小康生活的步伐，但私挖滥采也为生态环境埋下了不可估量的隐患：地下水和植被遭到严重破坏，风沙肆虐。不仅左云县，整个晋北一带，紧邻内蒙古，处于风口浪尖，天气预报一说有寒流，没几个小时就到了。并且左云县处于毛乌素沙漠边缘，这进一步给左云县人留下了持久难忘的风沙记忆。

网络数据显示，左云县所在的毛乌素沙漠地区是荒漠化最为严重的地区，而土地荒漠化之后还会引起沙尘暴。

“一年一场风，从春刮到冬；白天点油灯，黑夜沙堵门；风起黄沙扬，雨落洪成灾。”“山高尽秃头，滩地无树林；黄沙滚滚流，十耕九不收。”“雁门关外野人家，不养桑蚕不种麻；百里并无梨枣树，三春哪得桃杏花？”

这些民谣曾在晋北地区广为流传，也是京津风沙源治理工程实施前晋北地区的真实景象。为了让京津等地远离风沙，国家和各省、市、县都做过一系列艰苦的努力。1958年以来，政府在风沙区和桑干河沿岸营造了三百多万亩小叶杨林。这些小叶杨林有效地降低了风沙危害，保护了农田，调节了气候，改善了生态环境，在促进农牧业增产增收等方面，立下了汗马功劳。但是，由于土壤条件太差，林木年龄偏大，大片小叶杨林生长衰退，甚至枯死。

接着是2001年，国家确定了山西晋北地区的三个市十三个县和两个省直林业局铺开治理大面积的森林建设任务。这些防护林不仅保护了当地的生态环境，也成为保卫京、津、冀、晋生态环境的绿色屏障。三北防护林、京津风沙源治理工程……一场场防风治沙、保护生态环境的人民战争，有效地阻止了毛乌素沙漠向东扩展。山西在通往北京的大同、阳高、天镇等市、县主要风沙道，京大高速、京包铁路沿线两侧，集中建设了上百万亩防风固沙生态屏障；在朔州市所属的怀仁市、山阴县、朔城区沿洪涛山系建设了上百万亩连片防护林带；在左云县以及大同市所属的南郊区和新荣区建设了近百万亩的阻沙东进屏障。

大同市及左云县两级人民政府也都会每年从并不宽裕的财政收入中抽出资金用于造林绿化、改善生态。

张连印的发小、张家场村党支部原书记胡万金说：“我们这里也为绿化荒山荒坡努力过，但太难了，我挺为他担心的。”张连印的两个堂弟张连茂、张连雄提起以前的风沙，印象里是白天都要点灯：“那时候是煤油灯，窗户上糊着麻纸，白天刮风的时候不点灯就跟夜里一样。”

八十四岁的魏如老人对这样的情景至今记忆犹新：“风一起，地里的高粱茬子都能吹起来，豆子大的沙粒满天飞，砸在墙上啪啪响，人只能躲在屋里不敢出来。”

“没有任何挡头，‘黄风怪’一来，呼啸声撕肝裂肺，把天刮红了，把马车吹跑了，把庄稼也埋了，收成一下子就减了很多。”村民叹息道。

王秀兰对童年时的风有着恐惧的记忆。入夜，院子里的树被风吹得发出尖厉的叫声，房子仿佛在大海波涛中飘摇。头天晚上还干干净净的外窗台，睡一觉起来就能积起将近半尺高的枯树枝和尘土。看着是晴天，却会突然起风，甚至能把房顶上的砖瓦掀起来。人一出去就像被埋在了沙子里，嘴唇会干裂流血、肿得很高，脸上被冻得青一块紫一块。

王秀兰还提到了一种“卷地风”。风旋转着刮，直到把沙子和石子儿卷起来，抛到空中，打在墙上、玻璃上、人脸上。王秀兰清楚地记得，2004年，张家场村苗木基地的小平房盖起来了，一夜强风过后，早晨起来，窗台下面都会堆着约五十厘米厚的树叶树枝、沙土石块。开始时有人不解：一个院子里从哪儿刮来了这么多东西？

“别忘了旁边是裸露的河滩，毫无遮挡，风更是长驱直入……我们苗木基地建好的第二年，这种风就少多了，现在基本上没有了。”王秀兰说。

苗木基地员工安殿英是张连印的表妹夫。他说：“有一次我们正在山上种树，大风刮来了，吹得我们几乎在原地转了一圈。”郭庆勇和渠元德是最初跟随张连印回乡种树的司机和勤务员。“种一天树下来，脸上、手上吹得全裂开了口。风一刮起来，可不是一阵或一股，而是一刮就一两天。风也绝对不是江南那种拂面的杨柳风，而是像刀子似的，我们种了三四天树就都有了‘高原红’。”他俩指着自己的头发说道，“干一天活儿回来，耳朵里、头发里、浑身上下全是沙子。”

苗木基地初建时，安殿英的妻子、张连印的表妹张二女经常陪着王秀兰一起做饭。她说：“有一天大嫂在炕上坐着，我站在地上，就看到窗外起了一阵龙卷风。外面的门没关，大嫂让我赶快关门，说着话就听见房顶上的瓦噼里啪啦地掉了下来。第二天早晨打开门一看，窗台下面的烂树叶、土石、沙子有一尺多厚……而现在全县都没有风沙了，院子里什么时候都是干净的。”

“别的地方都是歌颂春天、盼望春天，而我们这里快到春天的时候，人们都会战战兢兢。”1973 年出生的张家场村现任村支书郭利民说。他的爷爷郭喜曾经当过六年村支书，郭利民很小的时候就见过爷爷带着村民们种树，可几代人都没种活过：“春季沙尘暴来时天都是黑的！我记得十几岁的时候，一阵风沙刮过来就看不到太阳了，回家要开灯，满嘴都是沙子。”

“对于家乡的气候、环境，我小时候就有记忆。风刮起来，飞沙走石，什么也看不到，人也没法在街上走。经过政府多年的治理，森林覆盖率大大提高了，这使我绿化家乡的行动有了相当不错的基础。不过剩下的荒山荒坡也还有好多可以种树，所以我退休回老家种树，就是继续做一点儿有益的事，并带动当地的百姓们营造一个更加美好的生态环境。”这是张连印在多种场合经常说的一段话。

树　痴

抛开回报家乡的初心以及治沙的决心不说，张连印对树有别于常人的炽热情感，给人留下了难以磨灭的印象。如果说这个世界上有花痴、书痴、山痴、水痴，那么，张连印就是一个树痴。

王秀兰身高一米七二，在那个贫穷的年代堪称奇迹。即便如今已年逾古稀，她站在人群中，依然格外引人注目，这曾使她当初决定与张连印谈恋爱时有过短暂的犹疑：他个子不够高嘛！

她想象中的恋爱对象，应该像一棵树一样高大伟岸，能为家人抵挡塞北尖厉呼啸的寒风，风止时也是一道风景……当然，她是语文教师，也懂得“以貌取人，失之子羽”的道理。似乎是冥冥中注定，最后与她情定终身的，正是这样一个与树有着难解难分感情的个子不高的张连印。

张连印在退休前，他们夫妻俩有意无意地曾探讨过一些对树或亲切或凄凉的回忆。

王秀兰记得自己小时候住在左云县西张士窑村时，养父一直特别爱种树，只要一有机会，就找个地方种上一棵。渐渐地，院子里的树成了气候，满院子的大榆树也成为王秀兰童年里最为温馨的记忆。尤其是这些榆树还帮她家度过了 20 世纪 60 年代初的三年困难时期：“那时，我家院子里有三棵特别茂盛的大榆树，生活无着时，我的养父、养母就把其中一棵砍下来做成箱子和家具去卖，换了一些莜面，养活了全家人。”

越长大，王秀兰越懂得了养父爱树的情结。因为养父爱树，王秀兰也跟着爱起树来。她放假回到家，经常把树下落满一地的树叶精心扫起来，但养父告诉她，那些树叶不用扫，来年就成了树的肥料。

王秀兰对年少时的风和树有着深刻的记忆，树大招风——院子里的大树被大风吹动，听起来就像大海的波涛声。她说自己是伴着树呼呼的哨声长大的。“我对树也很有感情，我们俩对树都有一种特别难以说清的感情。”王秀兰说道。

能把塞北高原的风吹树声听成大海波涛声的人，对树的浪漫情怀可想而知。

读高中时，王秀兰经常路过张家场村，她记得那时村边长着一片片的树。她走在路上看着那些树，感觉无比美好。草木荣枯，物换星移，直到成年。可是后来她去了外地工作，接着随军离开了左云县，再回家时，村边那些树竟然不见了。

他们夫妻对家乡的气候一直特别关注。在忻州生活时，干旱的夏夜里，他们总是为天不下雨发愁，为家乡左云县的境况忧心。因为少雨，地里就打不下多少粮食，亲人们就吃不饱。这也让张连印在退休后到底是出钱帮助乡亲们还是种树恢复生态的思考中，毫不犹豫地选择了后者。

张连印的童年虽然不幸，但那些形态各异的树枝给了他那个穷家许多温暖的记忆。在他出生前，他的父亲奔波于风雪中的北梁上，在起伏连绵的山坡间扒开积雪，顾不得棘刺扎手，拼命地挥舞着砍刀，背回一捆捆山柴。这些带刺的柴火，虽然烧起来特别困难，并且稍不留意就会刺破手指，但燃烧起来油性十足，噼里啪啦地发着声响，火苗一蹿老高，温暖了那个清冷的家的整个寒冬。

当张连印与爷爷、奶奶相依为命时，为了照顾年迈的老人，一入秋他就开始准备过冬的柴草。他背着爷爷给他量身编制的一个小筐子，打杈子，捡树枝，晒干后整整齐齐地码放在一间破柴房里，让爷爷、奶奶能够度过一个温暖的冬天。

无论高低曲直，也无论样貌美丑，哪怕棘刺遍布，那些曾经的枝枝条条都烘烤了他冰冷的童年。穿上军装的四十年，他也一直挂念着家乡那些形态各异的树。

在部队时，战友们都知道他喜欢种树，经常带头搞绿化，都说这位首长有“种树情结”。后来，人们明白了，种树是他的情结，更是他追寻的一种境界。他爱树爱到了如同母亲爱襁褓中的婴儿的程度。

张连印和王秀兰就在你一言我一语的对树的畅谈中，开始了他们后半生的种树事业。

他们对树的挚恋令笔者想起了陕西作家方英文的一篇短文——《嘉树》，不禁惊异于这世间竟有对树怀有如此相同的奇异情感的人。方英文在文章中称，梦见自己变成了一棵树，并说“树们的随便一个品种、随便一种风姿，都给人以温婉曼妙的遐想，或者宁静辽远的放达”，从而得出了“世无丑树”的结论——

我见过被人糟践的，浑身是伤的树，也遇到过泥石流残损的树。即便如此，树们，依然保持着优雅的姿态，看不出痛苦的样子。你将树枝剁掉，树枝与树身远远地分开了，树枝和树身依旧各自成景，不失其风华。这很像是一本好书被撕碎了，但“残简”照样闪光，辞采无法撕碎。想羞辱一棵树吗？我看是不可能的。羞辱者不能达到目的，羞辱者便羞辱了自己。再肮脏的地方，只要树往那里一站，那里一下子就站出了品格。树，是天地间唯一的君子。荒凉的世界里，远远地望见一棵树，就像望见一个亲人。于是，你便有了回家的感觉。人的脑后没有眼睛，但是你若倚树而立，也就不必担心野兽和暗枪了。可见树，不仅有书的柔韧，还散发出剑的威仪。

…………

据说我们，是从海里爬上来的。最初爬上岸，借了树林的庇佑，才得以繁衍至今。繁衍了很多很多，却还是渺小的，像树间的一些标点符号。树，比人类悠久，比人类长生。人，只是树在他漫长的生命中途，捏造出的一个活宝，给自己解解闷而已。树要是不高兴了，可以随时抛弃这个活宝。

生命，无非是“一呼一吸之间”。这一呼一吸，基本是树的恩赐。想到这里我才醒悟，在所有的节日里，我们最喜爱的，原来，应该是植树节啊。因为树，要不要我们，无所谓；但我们，需要树，永远地、绝对地，需要树。

方英文以作家的身份对树的认知完全适用于军人张连印，而张连印更是用十八年践行了人类对树的共同嘉言。

方英文写这篇文章时，虽然张连印已经在种树，并且他种的许多树也已成材，但可以确定的是，这两个同生于黄土地上的男人并未“约定”他们对树的共同嘉许，自然也并不知晓对方在这个世界一隅的存在。这并不妨碍他们精神世界的高度的契合。至少在树面前，他们是同类，是知己。他们对树超乎常人的情感，对树心贴心的怜惜，延展开去，理应成为全人类对树的共同情感。张连印和方英文犹如两条平行线，因为树，在时空中实现了位移，从而相交。这是一件多么美好的事！

2021年8月8日是个特殊的日子——张连印、王秀兰结婚五十周年纪念日，即金婚。没有琼浆玉液，没有珍馐美馔，老夫妻俩把这个特殊的日子过成了树的节日。

早晨，夫妻俩与工人们一起来到北梁的山坡上，一个人扶树，一个人浇水，在民工们的帮助下携手种下了五百棵沙地柏。

2021年11月的一天下午，张连印、王秀兰与大家一起前往“金婚林”。路过北梁的林地时，张连印忍不住停住脚步，那一刻阳光正好，云海松涛，植被丰茂，他抚摩着自己这第一批“战士”，眼中全是怜爱。

“金婚林”所在地也属于北梁地块，是离开路边八百多米的一片坡地。

前往“金婚林”还必须经过一片稀疏的林地，只有两尺高的獐子松据说已经生长了五年，这不得不让人感叹树木在这里生长的艰难。更有个别的小小獐子松，像死了一样，但张连印告诉大家：“即使死了也没关系，明年春天就补栽。你们看，这棵还活着呢。”张连印扶正一棵小树让大家看时，王秀兰在一旁小心翼翼地阻止他：“别动别动，它还活着呢。”那语气像爱护自己的眼睛，生怕别人碰疼了它。

“栽树就是这样：死了是常态，不可能所有树都能活；死了的，第二年春天一补栽，就都活了。”张连印俨然一个林业专家，对树就像对待自己的孩子——或许当年他对自己的孩子们都不曾这般用心。“你们看那一片，都是我们栽的，已经八年了。”张连印指着

2021 年 8 月，张连印与王秀兰一起种下了五百棵沙地柏，以此来纪念他们的金婚

旁边一片并不十分茂密的林地说。

“金婚林”的边缘长着密密的沙棘，结着淡黄色的果实，果实无比稠密。这些沙棘拱卫着中间这片沙地柏，柏树们一棵棵成排成行地贴在地上，等待着来年恢复生机。除了周边他们前几年栽下的獐子松和脚下的沙地柏还泛着绿色，到处一片枯黄，大地已经进入冬眠季。那个下午，冬日的阳光不甚强烈，风不大，但气温低得让人伸不出手。两位老人欣慰于他们脚下的这片绿色。

“沙地柏第一年种下去效果还不明显，第二年春天就明显了，那时候一棵棵长起来，每棵树的枝条就连在一起了。”张连印说着，往旁边一指，“明年我们计划在这边再栽五百棵獐子松，两米高的。”

沙地柏是我国西北地区一种极其耐寒的植物，可以在极端恶劣的条件下生长，暗合着西北地区人们坚韧不拔的品质。老夫妻俩选择在金婚纪念日种下这些有特殊意义的植物，王秀兰动情地对大家说：“这么多年，我们一家人走过了不少沟沟坎坎，如果没有像沙地柏那样的韧劲，怕是早就倒下了。我们今天种下这些沙地柏，就是告诉大家，只要两个人彼此搀扶、支撑，再大的困难也能克服。”

此情此景，让周围的人们不由得想起了不久前在《时代楷模发布厅》现场王秀兰的真挚感言：“今年是我们结婚的第五十个年头儿，也就是金婚年，我们没有举行金婚典礼，老张说是咱们今年植它五百棵树——五百棵沙地柏。他说这个沙地柏既能够抗旱、抗寒，又能够扎根于贫瘠的土壤里头，把自己奉献给大地，说象征着我们五十年的婚姻。”

如今，在王秀兰眼里，张连印真的站成了一棵树。

汇入国家生态治理的洪流

尽管为回乡种树做了许多准备，但张连印确定的只是种树这一目标，而对种树的诸多细节却考虑不足。张连印最初只是想着自掏腰包买回树苗，种在荒坡荒滩上。开工第一天，张连印把由村子里的亲戚朋友组成的植树大军拉到了村子上风口的北梁上，大家拿着铁锹、测绳，准备大干一场……

可是，问题接踵而至：一是住的问题，“你种树至少得有个自己的窝吧”；二是苗的问题，“你一个军官虽然工资不低，但要买树苗、付工钱，那是需要很多钱的”，“不如你自己育苗”。

专家和乡亲们的这些建议让张连印感到，回乡种树还真不像当初想得那么简单。

2003 年 10 月，张连印回到家乡时，他参军前住的那几间旧房早已破败坍塌。回到村子里，张连印和王秀兰暂时借住在堂弟张连雄家中。简单地安顿好后，张连印就开始忙碌起来，白天到野外考察地形，夜里到乡亲们家里走访。张连印仍然像参军前那样，走到哪家吃到哪家，他跟乡亲们不客气，乡亲们也不把他当外人……

谁都明白植树造林的诸多益处：保持水土，防止流失；抵挡风沙，减少风暴；清除污染，净化空气……但即使做好事，也有程序和规则，要得到政府和人民群众的支持。“违反政策的事坚决不做，影响人民群众利益、群众不满意的事坚决不做。我要做的事，县里、乡里、当地人民群众必须同意。”这就是张连印给自己的“约法三章”。

当时的中共左云县委书记和左云县人民政府县长，都是与张连印比较熟悉的老朋友。而张连印却坚决地说："我虽然认识他俩，但我一定会按正常的程序办理手续。"而这两位当地的官员听说张连印退休后要回来绿化家乡，非常高兴，因为这正合了他们的心意，他们也一直想植树造林，改善左云县的生态环境。于是，激动人心的一幕出现了：县委书记和县长亲自带队，分管林业的副县长，林业局、国土资源局、园林局等有关部门的领导，浩浩荡荡地来到了张家场村。张家场乡的领导、张家场村的村委会主任以及村民代表也都来到了现场。县委书记、县长亲自动员，号召大家支持和配合张连印将军回乡植树造林绿化荒山荒坡。从此，张连印正式加入了家乡人民造林治沙的行列。

张连印立即着手办理三件大事——

第一，选定十里河滩建房。自己的房子早已荒废，回来植树不是一天两天，也不是一个月两个月，住在堂弟家毕竟不是长久之计，必须做长远打算，要有自己的住处，或者说，叫指挥所。

第二，开始时想得很简单，就是买树苗到山上去栽。然而，不止一个人告诉他，树苗很贵，小的树苗一棵也要二十多块钱，大的树苗就更贵了。没有苗木基地，愿望再好，没有那么多钱买树苗，种树也坚持不下去，所以一定要建一个苗木基地！

第三，办理相关手续。分管林业的副县长真诚地对张连印说："您一定要按有关政策规定办理好相关手续。"

至此，张连印才明白，绝不仅仅是花钱、义务植树的问题，要想把一棵树栽到山上，还有很长的路要走——他交了承包费，办了注册手续和公证手续，以王秀兰为法人注册了张家场乡连丰种养基地。

尽管做了周密的计划，但具体到真正栽树时，仍然不像在房前屋后栽几棵树那么简单，张连印遇到了许多难以想象的难题，只能边干边学。他频繁地跑到县、市、省林业部门，咨询专家，学习生态环境建设的有关知识和植树造林防风治沙的科学方法，并请山西省林业勘测设计院的有关专家，经过现场勘察设计，制订出了《张家场生态园林村建设总体规划》。

“植树造林、防风治沙，是咱们国家的一项战略工程，作为一个退休的老兵，我想把植树造林作为自己退休后的最后一个战场。我一不要林权，二不要地权，三十年后无偿交还集体。”就在十里河滩那片乱石乱沙中，张连印开始了他的种树事业，同时也汇入了国家生态环境治理的大合唱。

第 三 章

人生第二战场

决战十里河

张家场村村南两公里处的十里河滩，对于张连印的植树事业有着无比重要的意义。

张连印把植树指挥所和苗木基地的地址确定在了十里河滩，基于他反复调查研究后的成熟思考："我依然记得小时候十里河滩的样子，夏天全是水，冬天全是冰，沙丘一个接一个，但它不是耕地，更重要的是，当时没有高速公路，那个河滩却紧邻109国道，交通方便。另一方面，建苗木基地能没有水吗？十里河滩的地下水肯定丰富，所以我确定在了这里。"

2021年11月，笔者初到左云县采访，在宾馆房间里看到了一份关于十里河景区的宣传册。上面是这样介绍十里河的——

> 由左云县城南元子河发源的一条河水经由城西过联虹桥，再由城北沿109国道并行穿越，古称武州川水，因风光秀美，辽代改称肖画河，中华人民共和国成立后改称十里河。……是代表左云生态建设成就的最好一处湿地公园和天然氧吧。
>
> 景区内针阔树种林带葱郁，自然植被茂密多样，

林间小溪四季潺流，是生态文化休闲旅游之胜地，也是目前大同区域面积最大、生长最茂盛、乔灌林种最多的生态区。十里河北侧基本是人工种植生态区，草木茂密；南侧是自然生态加人工种植，有杨树、榆树、汉柳、卧柳、松柏、沙棘、野玫瑰等几十个品种，为乔灌混交生态区。沿岸凸显湿地生态秀美风光，茂密的生态林随地势而高低错落，层次分明，色彩苍翠，繁花点缀，给人以强烈的视觉冲击力和精神上的陶醉。尤其到了秋天，在边塞高原特殊气候的作用下，呈现出赤橙黄绿青蓝紫的七彩美景，色彩明快，绚丽多姿，体现出独具魅力的边塞风光。

2012年，左云县政府投资修建了十里河生态湿地专线，路旁有人工垂钓池、月亮湾凉亭、圆木桥、大棚蔬菜、瓜果采摘园等旅游观光区，被认定为省级生态湿地公园。

无疑，十里河是左云县最主要的河流。

看日期，这个小册子的制作时间是在2012年之后。那时，张连印回乡种树已近十年，并且，上面所描述的地段大多是十里河的“眉目”“脸面”，属于景观区，是节假日游人如织的地方，适合在明媚的春光里徜徉，在林木葳蕤的夏日里奔跑……

2003年的十里河，具体地说是张连印的家乡张家场村所在的十里河的北岸河滩又是什么样子的呢？

据参加“十里河大会战”的见证人描述，那着实是另一番景象。

张连印植树最艰难的时候，王秀兰一直陪伴在他身边，苗木基地建房、规划都是王秀兰与张连印一起画的图，种什么树、如何种，也是两个人一起商量的。2003 年 10 月 3 日开始动工，因为工期紧张，他们顾不得回堂弟张连雄家，便就地支了个帐篷，四面透风，两个年近花甲的人每天都滚成了泥猴……张连印的司机郭庆勇所见的十里河滩最初的样貌最真实："那是什么地方啊，全是乱树枝、大小不一的石头，坑坑洼洼的，土丘一个连着一个……"

郭庆勇先是张连印的勤务员，后来成为他的司机。张连印回乡那年，他跟着来到张家场村。他说："我选择跟着首长回去种树也有好奇的因素——别人退休后都留在大城市，他却要回那个穷山村，我想看看首长到底想做成什么。"

郭庆勇是河北衡水人，来到左云县才明白这地方与自己那华北平原的家乡有着本质的不同："我的老家虽然也在农村，但春天阳光明媚、花红柳绿，秋天也有不错的收成，哪像首长这老家，凛冽

十里河

的寒风就像刀片，生生地往脸上割，仿佛要割开人的皮肉，一天下来脸上全是口子，两天就有了‘高原红’。并且那时村里的年轻人都去煤矿上或城市里打工了，连民工都不好找。天气已经特别冷了，我们的工期又紧，要赶在上冻前把房子盖好，得赶紧把河滩平整出来。好在村里一些乡亲被首长感动了，纷纷赶来帮工。”

郭庆勇开始时开着大卡车拉水浇树，水罐不满的时候晃得特别厉害，张连印怕出事，就请人在水罐中间焊了一个隔挡。“那时我们什么活都干。开始时是人工挖井，挖完了要下一种大水泥管子。我们开着车去拉，那管子圆圆的，直径足有一米，需要几个人一起抬……”郭庆勇与张连印度过了征战河滩最困难的时期。

郭庆勇原本是个白净的小伙子，但跟着张连印回乡后不久，脸上就长了一块一块的暗斑，当时他还想：“环境这么差，风这么大，树能活吗？”笔者在石家庄见到郭庆勇时，他问：“你看到左云那边的杨树了吗？跟咱们这里的杨树根本不一样，叶子小而少，直直地向上生长。为什么叶子少？因为风太大了，都刮掉了。反正那时气候太恶劣了，我真为首长担心。”

“首长先是改变了我的就业观，同时也改变了我的人生观和价值观。”郭庆勇在左云县跟随张连印种树一年后被部队通知转业，当时有两个单位让他挑选——石家庄市城管局和园林局，“若按我原来的想法，肯定是去城管局了，仍然能穿制服，多神气！但跟着首长种树一年后，我毫不犹豫地选择了园林局。”

十里河留在现任村支书郭利民脑海中的最初记忆是河水泛滥。站在张家场村村委会旁边的村民广场上，他指着张连印的苗木基地方向说：“你看远处那片林子，就是原来的十里河滩，我们小时候，一到下雨，水就漫过来了，一直漫到咱们现在站的这个地方。”

“左云近边，天气极寒，江南桃李花卸（谢），此地草木方萌。七月陨霜，八月降雪，地多砂砾，夏有坚冰。昔人云：雨过三旬飞白雪。信然！”这是清代左云县知县余卜颐《左云县志稿》的记载，是对左云县恶劣气候和环境的描述。据气象部门统计，左云县年平均气温仅为六点一摄氏度，昼夜平均温差达十三摄氏度，无霜期仅为一百二十五天，封冻期长达一百三十天至一百四十天左右。由于无霜期短，每年适宜栽树的时间非常有限。张连印住进帐篷时，已

种树初期，张连印搭建的帐篷住所

经是深秋，地里的庄稼大部分已收割完毕，河滩上的风无遮无拦，遮天蔽日般刮过，旷野里那顶孤零零的帐篷伴随着这对年近花甲的夫妻，如同大海里的一叶扁舟颠簸摇晃。

2003 年 10 月，张连印让张家场村附近的十里河滩成了一处人欢马叫、尘土飞扬的大工地，伸展着长臂的挖掘机轰隆隆地作业着。为了赶上来年的植树季节，他们加紧施工，要尽快把房子建好，好让苗木基地成型。乡亲们听说张连印将军住进了村外的帐篷，纷纷前来帮工。他们一起冒着寒风突击施工，雇用了八台机械连夜作业，仅用了二十五天，二十五间平房就在荒滩上拔地而起。张连印在简陋的河滩地里宴请了乡亲们，然后从四处漏风的帐篷里搬进了新房

张连印（左一）和工人们坐着农用车一起去种树

子。这里成了绿化造林的指挥所。这个在外工作了四十年的游子，终于在张家场村的河滩地里安营扎寨，开辟出了人生的第二战场。

从那时起，张连印和王秀兰每年的大部分时间都吃住在这个小院，住的是土炕，烧的是炉灶。无论是数九寒天，还是炎夏酷暑，他们都与乡亲们同吃同住同劳动。每到植树季节都是人少活重，张连印和王秀兰每天早晨 5 点钟就起床，带领着乡亲们在苗木基地里栽树，午饭就在河滩地里一起啃馒头、吃咸菜，稍事休息后又接着干，日复一日，年复一年。

也就是从那时起，王秀兰意识到，他们之后的时光，包括他们的命，都交给了脚下这片黄土地。

杨树海是十里河滩上的另一个见证者。他是张连印在忻州当师长时期的战士，左云县人，复员后一直在左云县工作。听说张连印退休后回家种树了，他召集了当初一起当兵的几个战友，在每个双休日都来帮张连印种树，再次成为张连印的“兵”。

“河滩上有许多特别大的光秃秃的山丘，遍地都是树根、荆棘、石头，还有种种垃圾。总之，那时的十里河滩，荒滩裸露，枯枝败叶、垃圾成山，光秃秃的河滩暴晒在太阳底下，风起时沙尘漫天，隐藏在沙滩中的砾石或别的什么尖锐物品随处可见，稍不留神就会被划破脚……以前村里在这片河滩上种了许多‘老汉杨’，可是这些杨树先后死去很多年了，但它们的根还在，盘根错节，又乱又脏。我们当时要把这里平整出来，首长动用了小车、推土机、挖掘机，为了赶工期昼夜不停……虽然累，但又能跟着首长一起战斗了，特别快乐！”杨树海说起当时的情景，两眼放光，他把那段时间称为“激情燃烧的岁月”。

“你们当时就是种树吗？你还记得怎么种吗？”

“我去的时候根本不具备种树的条件，要先清理河滩地，建苗木基地。你看到现在首长的苗木基地里有一片树林吧，以前那里是什么样子你根本想象不到……”张连印的这个兵，特别善于运用类比和对比手法，“你看过电视剧《走西口》吧？那是在右玉拍摄的，我们左云紧挨着右玉，属于同一个气候类型，那时的风沙就像电视剧里演得那样。还有，你见过以前农村常用的那种罗筛过的面吧？我们这里有时刮风就会扬起那样的细沙，别看它细，穿透力却超强，刮到脸上就像有一根针扎进去。你看我们现在脸上很正常了吧，首长回来种树的那几年，我们脸上都有‘高原红’！”

在杨树海的记忆里，那时的温度比现在低得多，最冷的时候要到零下三十摄氏度：“我们现在穿得薄了，原来我们穿得别提多么厚了，都是大皮袄。不知道这是因为首长种的树多了，改善了气候，还是因为整个地球变暖了，反正现在暖和了很多。”

杨树海见证了苗木基地的最初的情形，特别是当时王秀兰的情况，一些场景永远地烙进了他的脑海里：“干了一天活儿，晚上回到‘家’里，阿姨累得连饭都顾不上吃就躺在炕上睡着了。那时他们的三个儿女都在石家庄，阿姨有时累极了就用我们左云话抱怨：年轻时跟他没有享过福，老了又回来种树，总跟着他遭罪了……”杨树海记得，王秀兰累了发牢骚的时候，大家就笑，因为这时张连印总是开朗乐观地逗她开心：“没事没事，这点苦算什么？你看看，一到夏天，这里一片绿油油的，这景色，这空气，得有多好！”

杨树海比画着说：“首长说得轻松，但你是没见过阿姨当时嘴上的大裂口，抹上润唇膏也不管用，必须得用保鲜膜紧紧地贴在嘴唇上才能保湿。她即便这样贴着，还要挖树坑，疼得她咝呵、咝呵地吸气，我们看着都难受。她每天都要浇水，当时不像现在有建好的水渠，那垄沟很简陋，总是跑水，得拉着塑料管子浇，那水冰凉冰凉的。阿姨的手又红又肿，裂口又大又多，总是拿胶布裹住，简直不忍心看……你想，她当时快六十岁了，在城市里生活了那么多年，一下子怎么能适应呢！”

大家在河滩地的沙石里翻滚了一天，晚上张连印招呼他们一起吃饭，有时他们也会喝点酒。“小鬼，过来挨着我坐！”杨树海记得，张连印依然喜欢像在部队时一样叫他“小鬼”。杨树海也喜欢这个称呼，他对张连印一直非常崇敬：“可能开始时有人以为首长回来种树是表演性的，种几次，树死了，就会离开。但我所见到的他，跟在部队训练时一样，每棵树苗是怎么栽的，哪个垄不正了，哪棵苗歪了，哪个土球露根了，哪个包装袋没包严扎破了……他都要严格检查，完全就像在部队督促我们训练时一样，谁的动作不规范，都逃不过他的眼睛。”

“首长种个树，怎么就这么难呢！”到了今天，杨树海依然感叹着，“当时河滩上没电，首长就自己花钱买了一个变压器，没想到第一天晚上就让人偷跑了。大约过了半年时间，才又通上电……那半年没电的时候我们只能点蜡烛。”

在工地上，杨树海不但是个壮劳力，还是个技术工。他会吊线、测量。他说：“我二哥当时在建筑公司搞土木工程，我遇到不清楚的技术问题就去问他。他就在电话里一点儿一点儿地指导我。有空的时候他也会到现场指导，给我们帮了不少忙。”

杨树海还是摄影爱好者，平时就爱摆弄照相机和摄像机，他说：“大家在十里河滩干活儿的场景我都录了下来。让我难忘的是，有一天早晨，太阳刚出来，我偷偷地在门外等着，准备给首长拍张照片。基地大门是朝东的，我找好角度，专心等着，终于等到首长扛着铁锹走了出来，后面紧跟着扛着铁锹的阿姨。他们一前一后迎着太阳往工地走去，我认真地拍下了他俩迎着太阳出去种树的背影。那感觉特别好，画面特别震撼……如果你们能找到当初我拍摄的那些照片和录像带，你们根本不用采访我，就能看到当时原汁原味的十里河滩的劳动场面！”

就是在平整河滩地的那段时间，有一天，村里小卖部的墙根下蹲着六七个晒太阳的老人，张连印走上前去问道：“我想买几个耙子，这里卖吗？”

“你这个老汉儿，现在谁还用那个东西，早就没有了，你叫电焊工给你焊几个不就行了吗？”老人们用奇怪的眼光打量着眼前这个一身泥土的“老农”。

安殿英说：“他当时穿着一身迷彩服，浑身泥土，脸也皴了，人家以为他就是个村里的老汉儿呢。我告诉他们，这是当过副司令的张连印将军。老汉儿们说，我们看着他就是个老农！他在河滩上整地、提苗、浇水，什么也干，人家不把他当老农才怪呢。”

张连雄也记得张连印买耙子的经历。张连印在村里的小卖部买不到耙子，就让张连雄开车带上他和张连茂一起去县城的农贸市场买，结果也没买到——那种工具早就退出了历史舞台。

他们一行三人，除了买耙子，还要买装树苗的筐子。他们分头行动，分别买回了一大堆筐子。这些筐子在日后苗木基地育苗时派上了大用场。

那段时间，张连印仔细观察十里河滩以及地表植物的生长情况，判断地下水的情况。他还请来专业技术人员，进行水文物探，查清地层、地下构造，地下断层及裂隙分布规律，通过测算预估地下蓄水量，研究合理的打井点位，挑选最佳的打井时间，去水务部门办理打井手续……

钻井的轰鸣声响起，第一眼井打成功了。一眼，两眼，三眼……张连印不仅打了八眼机井，还修建了三千五百米的U形防渗渠，铺设了三千米的节水灌溉管道。他的计划是开辟出三百亩的苗木繁育基地。现在有了水，张连印改善家乡生态环境的信心更足了。

“他天天和我们干同样的活儿，一身迷彩服灰扑扑的，耳朵里、嘴里都是沙子，脸黑红黑红的，哪像个将军！抱树苗上山，我们抱两棵，他抱三棵。浇完地，他的胶鞋和衣服也是湿的。”和许多村民一样，老支书胡万金被张连印深深地感动了，“嫂子和他一样，干完活儿满头大汗，嘴上被风吹得裂开了口子，比农村媳妇还能干，怪不得他们两个人能成一家子。”

郭庆勇退伍后，河南籍战士渠元德接替他来到了左云县。渠元德跟着张连印种树，隔了一段时间后他回到石家庄，张连印的二女婿杨志新竟然没敢认他：“我清楚地记得，小渠本来是白白净净的，但他那次回来，脸上又黑又粗，还红一道黑一道的，感觉就像是从土里钻出来的，我看了半天才认出他来……”渠元德在左云县一待就是十一年，直到2015年军改时他才离开。

王凤翔是张连印的妹夫。张连印回家乡种树的行为深深地感动了他。他帮张连印办理了许多建苗木基地所需的手续，比如工商、税务登记证，通电、变压器手续之类。他说：“国家是有规定的，没有执照是不可以给通电的，如果手续不全，让电工通了电，工商部门要罚款，所以将军办了左云县张家场乡连丰种养基地的营业执照。”

王凤翔退居二线后就完全跟随张连印种树了。他说：“我在苗木基地干过活儿，装袋，下苗，挖坑——有时用人工挖，有时用机器挖；有时雇人挖，有时雇机器挖。”

为了加快植树速度、节省经费，张连印安排民工们中午回小院吃饭，他和王秀兰则留在河滩上，一边继续挖坑，一边照看树苗和工具。他们饿了就喝点开水啃个面包，或者是吃一包方便面，经常是冷一顿热一顿。他们这种艰苦奋斗的精神深深地打动了民工们，大家主动要求加班加点，不到天黑不收工，并且不多要一分钱。他们异口同声地说：“张将军为了造福家乡，抛家舍业扑下身子没白没黑地干，我们加个班算什么？”

除了雇用的民工们，还有一部分人是自愿帮忙的，有张连印的亲朋好友、战友、同学和曾经的部下，他们不要工钱，利用双休日或者年休假，纷纷来到十里河滩。“我好几个本村兄弟都来帮忙了，还有个侄子也是当地的转业军人，平时在县城里上班，一到周末休息就过来帮忙……”张连印说起当时的情景感慨万分。

杨树海还记得当时张连印准备了一块红布，让帮忙的每个人都在上面签上自己的名字。杨树海说：“他想让后来的人们记住这些参加种树的人。我当时郑重地把自己的名字写在了红布上，感觉特别自豪。”

河滩平整好后，从辽宁省彰武县章古台镇采购的一万多棵獐子松树苗如期栽进了十里河滩。种完树那天，张连印置办了好几桌酒席招待大家。看着一双双布满血泡的手，他风趣地说：“我们的植树专业队变成了‘炮兵’部队，谢谢大家和我这个‘炮兵司令’风雨同行、同舟共济，大家辛苦了！”他斟满了一大杯酒一饮而尽。

苗木基地壮大后，早就没了昔日十里荒滩的踪影，张连印又在原来的基础上加盖了十间平房。这处院落既是他的家，又是他的指挥所，后来成了他绿化治沙的大本营。

北梁，北梁

在十里河滩建设苗木基地的同时，张连印决定让北梁先绿起来、美起来，给村民树立信心。

北梁，在张家场村具有十分重要的地理意义，是张家场村的招牌地段，因位于村北，地势高于村庄，能够俯瞰旧村和新村以及旁边的乡政府而得名。那里有一个烽火台，张连印把最初的大规模植树造林地点选定在北梁的荒山荒坡，有自己的思考："北梁是张家场村的屏障，站在北梁上可以俯瞰整个村子，而村民们出村，一抬头，首先看到的也是北梁。可是乡亲们一直以来看到的是什么样的北梁呢？大部分是荒地，虽然也有部分村民的耕地，却因为土壤贫瘠，加之十年九旱，自然条件恶劣，经常是颗粒无收，所以也都一直荒在那里。"

北梁除了荒地，还有一部分是退耕还林的坡地。国家规定，坡度在二十五度以上、沙化严重、不适合种粮食作物的地方，一律退耕还林。凡是退耕还林的地块，第一个周期国家提供了八年的补贴，期满后又追加了八年，规定谁的地由谁种树……可是，从来也没有人能在北梁上把树栽活。20 世纪 60 年代在北梁栽下的小叶杨根本就没活几棵。张连印说："我之所以首先选择在北梁栽树，是因为许多乡亲开始时认为我不会在村子里住太久，我栽不活树，很快就会离开。我要在北梁把树栽活，让他们一抬头就能看到，要给乡亲们证明：张连印就是回来栽树的，他不会离开！"

2004 年春天是张连印回乡后的第一个植树季节，左云县的植树季节集中在清明节到五一这段时间。初春的左云县早晚气温还很低，一到4月份，便风沙肆虐。张连印和王秀兰每天早晨5点钟就从炕上爬起来，和乡亲们一起带上树苗去北梁植树。运上梁的树苗要当天栽完，当天浇水，不然过一夜很多就会干死。他们每天的午饭就在地里吃，白天种上树，晚上还要浇水，风雨无阻。

那段时间，张连茂参与了张连印的所有植树活动："他比我们还能干呢，我们有时候都吃不下那个苦。他每天就穿身烂衣服，起树苗，抱树苗。北梁比村子高出很多，抱着树苗还得爬坡，我比他年轻好几岁，只能抱两棵，他却能抱着三棵上坡……"

北梁栽树大会战期间，2004年"五一"长假，除了张晓花和未婚夫杨志新到北京参加同学聚会外，张晓斌和张晓梅都带着自己的另一半回到家乡看望父母，见证了张连印和王秀兰这一时期的"样貌"。

2021年10月18日，在《时代楷模发布厅》现场，主持人问张晓梅："你为了父亲把婚房都抵押了。那可是婚房！在交给父亲那一刹那，就没做过思想斗争？"

张晓梅是这样回答的："其实我一开始特别不理解，甚至无法接受。我和我哥结婚的时候，父亲就没有为我们举办婚礼，而且他还说，说花那个钱，咱还不如用那个钱多买点树苗呢。当时我心里面就觉得好像有点儿怨他，总觉得他对别人总比对自己家人好。所以当年我就趁着'五一'假期我说回去看看。当我下了车，我看到一群人扛着铁锹、拎着水桶迎面走过来，就忽然听到人群里面似乎是我爸的声音喊我：'晓梅！'我定睛一看，这不是爸妈吗？满头满脸都是沙子，头发一绺一绺的，我妈的嘴上起的都是大泡，我真的没有认出来，那一刻我心里面说不上的感觉，五味杂陈。也就是在那一天，我看到了父亲的手，都是裂纹，而且指甲缝里面都是黑泥。当时我爸眉飞色舞地跟我说：‘哎！晓梅，你看这棵树，到明年它就能长高。’然后那一刻，我忽然觉得很释怀，因为我在他的眼神里看到了喜悦。所以说，我想我要无条件地支持老爸和老妈。”

张晓在和笔者说起当时的情景时，她哽咽了。她在描述张连印喊她的名字时，用的是左云县口音，“晓”字就有了类似“秀”字的发音。这样的乡音立即就把当时的情景生动地还原了：老两口儿的头发被风吹得像一卷沙蓬草，脸上到处是黑白相间的汗道道，嘴唇皲裂得如同涩皮土豆。面对年近六旬的父母，张晓梅太心疼了，她含着泪说：“爸、妈，咱们回家吧……”张连印拍了拍女儿的肩膀说：“闺女，你也曾经是军人，咱们当兵的人可是流血流汗不流泪啊！闺女不哭，爸妈这不是好好的吗？”接着他开玩笑说：“哈哈，闺女要她爸当逃兵，这还了得？”一句话逗得张晓梅扑哧一声笑了。

当时张晓梅的丈夫张玉峰也一起回去了，他就站在张晓梅身边，

张连印在查看土质情况

两位老人的“样貌”让他惊讶极了。“他们回去种树以后，我们探望的次数比较少。当我看到那几位扛着铁锹的农民走过来，其中竟然有自己的岳父、岳母时，作为女婿，我一下子无法适应他们种树前后的反差，岳父可是位将军啊！此前他每天穿着军装，英姿勃发，威武干练；而此时他一头脏脏的头发，一身黑黑的泥土。我虽然明白他已经完全融入了这项事业，但心里很不是滋味，也一下子感受到了他们种树的艰辛和不易。”张玉峰不由得感叹道。

那天，同时在场的还有张连印的儿子张晓斌和儿媳符青梅。符青梅对那个场面的记忆，除了公公那身没有军衔、没有标识、胸前别着一枚党员徽章并沾着泥土的迷彩服，还有婆婆王秀兰穿的那件老旧作训服。她说：“我的军龄不算短，但我婆婆当时穿的那件作训服，我都说不出年代。她个子很高，站在人群中特别显眼，戴个大草帽，脸黑得根本没有了平时的模样，我真的没认出那就是我婆婆。当时我傻愣愣地站在那里，晓斌推了我一把：‘你傻了，那不就是咱妈吗？’”

符青梅说起那一段，仍然心疼得泪水盈盈：“我婆婆对我这个儿媳妇比对晓梅和晓花两个亲闺女都亲，每次她买了衣服和礼物，都对我那两个小姑子说：‘让你嫂子先挑……’那会儿我看到她那苦哈哈的样子，心想：‘他们图什么啊？’”

张晓梅真诚地说：“十八年前和现在，我对老爸种树的想法肯定不一样了，完全是不一样的高度。那时我还年轻，现在已经四十多岁了，有了孩子，走上了领导岗位，再回头看父亲的信仰以及他对人生价值的理解，感觉自己真的懂了他。这个事业不仅是父亲自己一个人的拼搏，也包含着我们整个家庭的共同努力和付出，想到这些，我很自豪。”

在北梁种树与在十里河滩建房期间，村民们，一些外村的亲戚以及外地的战友、曾经的部下，听说张连印回乡种树了，纷纷从四面八方赶到张家场村参加义务植树劳动，最多的时候有六十多人。

六十多人，住在哪里？怎么吃饭？

张连雄的妻子张补兰“出场”了。

张连雄曾在县里承包过煤矿，生活相对宽裕，于是在村里多盖了几间房子。当初张连印提出回村种树时，张连雄坚决反对，希望他留在大城市享清福。

但他看到张连印的态度无比坚决，于是主动提出让大哥、大嫂住在自己家。从那一刻起，张连雄俨然成了张连印植树的急先锋、突击队队长或“项目经理”，帮助大哥打理一切种树事宜，包括对外联络、招收民工、征地办证、办水电手续，等等，为张连印种树立下了汗马功劳。张连雄的妻子张补兰则是最为坚实可靠的“后勤部长”。

“左云的种树季节很短，过了那几天，成活率会大打折扣，”张补兰一脸朴实地说，“所以当大哥他们起早贪黑地赶工时，我早晨5点就要起来做饭，往往夜里3点多就不敢睡了，生怕饭迟了。”

一个院子，十几间房，住着六十多个人。早上吃完饭，张补兰就要立即洗涮。还没收拾完，就该做中午饭了，因为中午12点必须吃上饭。下午呢，张补兰坚持自己压土豆粉条，每天压两大盆。“人多嘛，否则不够吃。”刚压完粉条，就又该做晚饭了。

一天到晚，没有闲着的时候，张补兰不是在做饭，就是在准备做饭。

有时，刚准备做晚饭，工地上突然捎话回来：晚饭要提前吃！因为从东北回来的运苗车大概夜里12点到，大家提前吃完晚饭休息一下，半夜还要起来卸车。

如果来不及了，张补兰就临时喊来妯娌们帮忙。

其实，张补兰不仅要做饭，还要帮小伙子们洗衣服。跟张连印一起回乡的郭庆勇和渠元德等人都是二十多岁的单身小伙子，种一天树就会滚一身土和泥，晚上他们便会抱着看不出模样的迷彩服送到张补兰面前："嫂子，麻烦你给洗洗呗！"刚洗完碗盘的张补兰又忙着洗起了衣服。

郭庆勇记得很清楚："首长和阿姨不吃肉，但他们经常给我们改善伙食，买肉买鱼。"

令张补兰印象最深的是，有一次张连印买回来一只整羊，张补兰一个人费了半天劲来拾掇。

杨树海在部队炊事班学过做饭，张连印也爱吃他做的饭，每当张补兰忙不过来的时候，杨树海就主动去帮忙。哪天要改善伙食了，张补兰也会喊他。

"吃什么干粮呢？"

张补兰说出了几种干粮：馒头、包子、烙饼以及莜面等。十八年之后的今天，人多的话买成品就是了，但在那时的张家场村，只能靠张补兰的双手一点儿一点儿做出来。在张连印植树最艰难的启动阶段，张连雄和张补兰夫妇的后勤保障工作功不可没。

张补兰说得很实在："我就是一个家庭妇女，也没什么见识，只知道大哥回来是干大事的，他干的事肯定是对的，是好的，所以我那时再苦再累也心甘情愿，一心一意地跟着大哥、大嫂种树。"

后来十里河滩的平房盖好了，张连印才从张连雄家搬出去。张连雄一直充当着"职业经理人"的角色，参与了张连印的每一次种树，为张连印打前站、管理每一个细节，直到 2015 年张晓斌回到左云县。

北梁可谓是张连印回乡植树的试验田。他在北梁经受了树苗干死、牛羊啃苗、树长成后遭遇火灾等多重打击，但最终北梁还是回报了他的殷殷苦心。乡亲们虽然从张连印的眼中看到过他最初失败时隐忍的泪水，但也在北梁看到了第一抹绿色、第一排獐子松、第一片林海，也在北梁看到了绿化荒山的希望。

2021 年 11 月，张连印指着北梁附近的道路两侧对大家说："我已经跟村里沟通好，还要继续打造北梁，只要能种树的地方，都要种满。"

春夏秋冬十八载，北梁早已换了模样。一棵棵宝塔状的獐子松，有五六米高，十八层苍翠的枝丫，层层分明；十八节特有的"年轮"，节节向上。

"化缘司令"

张连印种树十八年，资金短缺的事时常发生。

"当时，最大的难处就是缺钱。"张连印提到当时的这个困境，没人感到意外。

种树需要投入，张连印最初也有思想准备，但还是准备不足。

《山西日报》的一位记者曾问他："种树需要钱，您的资金短缺了怎么办？"

张连印说："你提的这个资金问题，是一个很大的困难。要完成种树工程，你得投入，比如整地、买树苗、拉水、浇水、工人的工资……我一不是大款，二不是商人，也没办公司，只是凭自己有限的力量干点事，只能从多方面筹措。我们拿出了家里所有的积蓄，孩子们也都非常支持地拿了一部分，军队的各级领导和我的同学、战友、亲朋也都支持，还有社会各界通过不同的方式支持。这些对我都是一种鼓励。他们不但给我提供了物质上的援助，更重要的还有精神上的支持。”

如果没有种树这回事，张连印夫妻二人的退休金都比较高，家里也没什么高消费，他们不会缺钱。但在本该安享幸福晚年的时候，因为种树，张连印将军便开始到处“化缘”了。

买树苗钱不够怎么办？自尊心极强的张连印只好向老战友、老同学开口。张连印的老部下蔡世廉回忆说：“买树苗钱不够了，他就找几个老战友借钱，说一年后还，还打了借条。”转业后任河北省国税局副巡视员的李兆昌和转业到河北省财政厅工作的郭志军等战友，都曾给他筹集过资金。大家都知道张连印的脾气，让他张口借钱的困难肯定小不了，便纷纷慷慨解囊，有的还说不用还了，但张连印都一一记住，并下定决心日后一定一一偿还。

越到后来，张连印越是深深地感到：一棵树，从买苗到长起来，每个环节都需要钱的支撑，买苗、运苗、装营养袋、种树、浇水，还都要雇人，否则根本坚持不下来。

张连印简单地做了一个市场调研

和基本预算，他发现买树苗、雇用民工、伙食保障、拉水浇树等，哪一项都需要大量的资金投入，摆在他面前的是一个又一个无底洞。资金是整个工作链条上的关键一环，这个问题不解决，将影响来年开春的植树进程。2003 年的整整一个冬天，张连印为解决资金问题，想尽了一切办法，人送绰号——“化缘司令”。

2021 年 11 月底在石家庄采访郭庆勇时，他首先讲了张连印对他择业观的影响：“到了园林局后，我毫不后悔，种了许多树，参建了许多公园，挺自豪的。但我最深的一点儿体会是：我在园林局

张连印与工人们在苗木基地的住所

的一切行动都是政府行为，是国家拨款的。我也管理过局里的苗木基地，这才知道国家投入有多么大。可是我们首长种树的一切费用都要他自己投入，他回石家庄借钱的事我也听说了一些，深深感到了首长种树的不易。”

面对这些无底洞，张连印下定的种树的决心没有改变。那么，张连印家有多少存款呢？三十万！最初买了一万棵树苗没种活，苗木基地也还没建完，存款就花光了。

而他的家里也没什么值钱的东西。在石家庄，他一直住在部队的房子里，那是军产。直到 2021 年 4 月，河北省军区石家庄第五干休所才分给他一套经济适用房。张家场村十里河滩上的二十五间低矮的平房，既是他的家，也是他的库房，还是他的指挥所。门窗、家具都是从二手市场淘来的；办公桌椅和书柜也是从朋友那儿捡来的旧物件；一套暗红色沙发，打着许多补丁，跟了他四十多年；院里停放着一辆已经掉漆的五菱宏光面包车，行驶里程近二十万公里，是张连印在 2015 年花四万多块钱买的，也是他最值钱的家当。

张连印不止一次地说：“我是义务植树，但我不能要求别人也履行这个义务，所以凡是参加植树的人我都给发工资。”张连茂记得很清楚：“他刚开始给民工的工资是每天二十五块钱，后来涨到了每天五十块钱、六十块钱，最近涨到了每天一百块钱、一百二十块钱。”

“大哥从来不拖欠大家的工资，一到植树结束，马上就发。”张连茂亲眼看到有几次实在周转不开，张连印向亲戚借、向村民借，等到资金周转开后马上还清。

张连印最初借钱时张晓梅接到了父亲的电话：“晓梅，你看我这里买树苗缺钱了，没有流动资金了，我跟你哥和你妹妹也都说了，你们都给我想想办法，支持我一点儿。”

“开始我没在意，觉得有多少钱就干多大的事，能种多少算多少，他们的积蓄花完了就别种了呗！”张晓梅说。后来张连印又打了一次电话，张晓梅才明白：“他一下子铺开了那么大个摊子，停不下来了，必须往前冲，没有想过退路。”那时，她在河北省高级人民法院当书记员，刚参加工作不久，工资也不高，而她和新婚丈夫张玉峰刚买了婚房，手里根本没有钱。

张玉峰回忆起当时岳父向他们借钱的情景：“晓梅跟我商量：‘你看这事怎么办？’我跟晓梅说：‘你看父亲回去种树跟咱们商量时，咱们也都表态支持了，有思想上支持，行动上也要跟上。’我们商量后，决定用房子抵押贷款，贷了二十万块钱。”张玉峰接着说：“岳父认准的事我们就支持吧！但当时我们认定这钱肯定是打水漂儿了。因为我们都明白，谁种树能赚钱呢？肯定是要赔的，没指望岳父能还上。事实证明第一年真的赔了，树苗也死了那么多。”

提到张玉峰在借款这件事上的大度，张晓梅说他们的感情基础一直很好，张玉峰也出身于军人家庭，在借钱这件事上“很像个男子汉”，“一般人很难做到这一点，但玉峰做到了。他当时刚从内蒙古调过来，还没有稳定的工作，到处打零工，也挺苦的，去东莞推销时，在火车上只能吃方便面……外人看上去，他是副司令员的女婿，岳父还不给女婿安排个好工作？但老爷子根本不管，说让他自己奋斗”。

“你对岳父没有怨言吗？”笔者不由得转身问张玉峰。

张玉峰说出的一番话，让人颇感意外：“怨言谈不上，我也乐于自己奋斗，但是岳父对我多次说过的话，让我印象非常深刻，至今影响着我的职业生涯。他说：‘你以后无论在哪里工作，第一要能吃苦，能吃苦是前提，是基础，如果你连苦都吃不了，工作就没法干；第二要能吃亏，如果处处都想着占便宜，无论是占同事的便宜，还是占公司的便宜，在哪里也不能长久；第三还要能吃冤，我如今到了领导岗位，感受最深，要能推功揽过，能吃下各种冤，才能撑起你的格局来。’这三点让我受益终身，并且我在工作中完全吸收了他跟我说的这些话的精神。”

张晓梅说：“老爷子从来没跟子女开口求过什么，这次借钱，肯定是实在没办法了。父母养你这么大，跟你借个钱还不是应该的！”张晓梅如果不当法官，肯定可以做个歌手，她说着话，就唱了起来：“因为爱着你的爱，因为梦着你的梦……所以快乐着你的快乐，追逐着你的追逐……”接着她说：“什么叫支持？什么叫孝顺？就是让他去做他自己喜欢做的事，并且让他做成，尽自己的力量为他提供精神和经济上的支持！我们回到左云帮他去种树不现实，但给他经济和精神上的支持是可以做到的。”

十八年之后，张晓梅回头再看，感到很欣慰：“为父亲解了燃眉之急，让他成就了现在的满目苍翠，我一点儿也不后悔，并且觉得很值得！”

张晓斌和符青梅当时刚结婚五年，儿子才四岁。符青梅记得当时的情形：“这事我公公也给我打过电话，那时我们都年轻，能有多少积蓄呢？即使有点儿，公公就不为孙子着想了吗？晓斌对我说，你看咱爸种树钱不够了，需要咱们支持，老人都把话说出来了，晓梅和晓花也都出钱了，咱们当哥哥、嫂子的不能落后。”最后，张晓斌、符青梅拿出了自己积攒的十万块钱。

张晓花是什么情况呢？那年，她刚刚转业，拿到了两万块钱转业费，并且她与杨志新领结婚证时，公婆给了他们三万块钱。“我爸妈的意思是让我们自己支配这三万块钱，可以出去旅行结婚，也可以存起来。但此时岳父说用钱，我们就把这两笔钱放在一起都给了岳父。”二女婿杨志新提起这件事，说得很平淡。

拿着儿女们打过来的钱，张连印心里既高兴又难过。一方面孩子们能识大体顾大局，舍小家为大家，这让他这个做父亲的备感欣慰；另一方面，为了成就自己为家乡植树造林、防风治沙、回报父老乡亲养育之恩的夙愿，而影响了子女们的生活，又让他这个做父亲的感到心疼。

张连印四处奔波借钱，当时他的司机渠元德是亲历者："那时我给他开车，在种树最关键的那几年，2005 年、2006 年吧，经常出现资金短缺的情况，有时候一片树种完了，给民工发工资的钱都没了，可是他从来不拖欠民工工钱，可想而知他得多急啊！有时我开着车，听到他给人打电话，最无奈最紧急的时候，他都通过朋友借过那种短期的高利息的借款。"渠元德所说的高利息借款，张连印提到过，就是"临时贷款"，借期短，比如一个月或两个月后偿还，但利息高很多。为了救急，张连印也只能接受这种高利息借款了。

渠元德心里很不是滋味："首长这么奔波着借钱，不是为了自己买房、买车，也不是为了自己治病、旅游，而是为了种树，这让人觉得不可思议。可是首长那坚定的不可动摇的神情，又不容置疑。我只有默默地开车，看着首长自己承受这一切。"

张连印种树十八年的过程，几乎等同于借钱的过程：找有关单位和部门进行融资；找战友，找同学，动用了自己所有能动用的个人资源；跑银行找担保，四处游说，讲植树造林造福子孙后代的意义……直到后来苗木基地建成，以苗养树，资金的窘境才稍微缓解了。

从花甲到古稀，一位退休将军为了种树，放弃了个人安逸的退

张连印面向党旗宣誓

休生活，这一行为感动了有关领导、感动了金融部门，也感动了一些企业家。他们想方设法，为张连印开绿灯协调贷款。每当拿到贷款，张连印布满阴云的脸上就会露出久违的笑容。王秀兰开玩笑地说："一冬天跟谁欠了你二斗红高粱似的。这样多好，你笑起来真好看。"

再难，树也要接着种。这是张连印的信念。

张连印生活非常俭朴，个人饮食、衣着从不讲究。这十八年，为了省钱，张连印留下的糗事有一箩筐。

2008 年，是张连印种树的第六个年头儿，村外的植树工程也全面铺开了，每年需要购进大量的树苗。这年 8 月，为了买到优质廉价的树苗，张连印带领苗木基地员工兼司机魏巧红经沈阳赶赴彰武县章古台镇的苗木基地。

他们先是从左云县坐中巴到了大同，又从大同乘坐绿皮火车到了沈阳。为了节约路费和时间，他们坐上了一辆破旧的中巴赶往目的地。

那辆中巴极其破旧，与将军的身份极为不符，一位将军，缺那点钱吗？可张连印就是想省下这点钱。当然，最重要的还是赶时间。

当时正值北京奥运会，路上检查严格，途经检查站时，工作人员上车逐人检查证件。一车三十多个人，一一顺利通过。魏巧红出示了身份证，也通过了。然而检查到张连印时，他双手递上了自己的军官退休证，工作人员看着证件上的“少将”两个字，顿时瞪大了眼睛，他看着面前身穿破旧迷彩服、皮肤黝黑粗糙、头发花白蓬乱的“老农”，怀疑地问道：“这是你的证件？”

“没错。这就是我的退休证。”张连印说。

河北省军区副司令？少将？一位将军坐这么破旧的车，谁会相信？

“对不起！我们怀疑你假冒军人身份，请下车接受检查。”就这样，张连印被工作人员“请”进了一间屋子，魏巧红急忙下车跟过去，工作人员却不信他们的任何解释。

工作人员将张连印和魏巧红分别关进了两个不同的房间。张连印理解并支持工作人员严格执法，但他跟章古台镇那边的人约好了时间，他从不迟到失约，怕对方着急。为了证明自己的身份，他给河北省军区打了个电话，这让正在房间里搞卫生的勤杂工听到了。他立即跑出去找到值班民警：“你们可能真的搞错了，关押的可能真是一位将军。”

值班民警将电话打到河北省军区作战值班室：“请问，张连印是你们这里的人吗？”

“那是我们首长啊！”

“啊——”民警顿时呆在了那里。他在执法过程中，还没见过这样的人：一位将军，即便不是前呼后拥，至少也得有个部下随从吧？并且，他那身打扮，即使是退休了，也不应该啊！

可张连印还真是个例外。张连印无论到哪里，首先是珍惜时间，其次是从不轻易给别人添麻烦。其实，辽宁省军区以及辽宁省和沈阳市的许多政府部门，有很多张连印的老战友、老同学、老部下，他随便打个电话，都会有人接待。可是他心里只有种树，一切为了省时、省钱。民警实在感觉不可思议：“一位将军穿得这么破烂，还和别人一起挤中巴？”

张连印连忙敬礼道歉，讲明赶时间的缘由。民警们也纷纷表示了歉意和敬意，非要留他吃午饭。

张连印嘴上说着“没关系，没关系”，可心中却惦记着买完树苗赶紧回去，便婉言谢绝了。

每当回忆起这件事，张连印都当笑话讲：“苦中有乐，也算难得吧！”

这些年，为了种树，张连印的节省简直让人觉得不可思议。

说起“苦守”这个词，在晋北地区无人不晓，它在不同的语言环境里有不同的含义，既是艰苦奋斗的近义词，也是抠门儿小气的同义语。而张连印就是一个“苦守”之人。为了家乡的绿化事业，他可以大方地倾箱倒箧，而自己在平时的生活中，却要“节省每一个铜板”，甚至能够“苦守”到一毛不拔。

张连印在第27集团军当副军长时，渠元德是他的勤务员，与一名河南籍战士盛涛住上下铺。那时渠元德经常向盛涛讲起张连印的事，以及张连印对他的严格要求、对他的关爱。渠元德刚当勤务员时，第一次给张连印做饭就做煳了，盛涛问他当时是否害怕被首长训斥，他轻松地说，一点儿也不害怕，因为早就听说这位首长特别和气宽厚。果然张连印吃着渠元德烧煳了的饭菜，连声说：“真香！真香！”

从渠元德平时的话语中，盛涛早就记住了自己身边的这位首长。

不久，盛涛考上了解放军艺术学院，毕业后被分配到第27集团军大同装甲旅。2009年，国庆节刚过，他从大同乘坐火车前往石家庄出差。那时大同与石家庄之间只有一趟绿皮火车，人多拥挤，他发现坐在对面的一位“老农”非常面熟，却怎么也想不起来在哪里见过。

那位“老农”穿着一身破旧的污渍斑斑的衣服，头发、衣褶、指缝里都是泥，脸上满是风霜，双手遍布皴斑，一看就知道平时总干农活儿。那个“老农”一抬腿，盛涛看到了他的军绿色袜子。

盛涛说：“那是我当新兵时配发的特别薄的军袜，部队早就换装了，也没有人穿了。而他穿在脚上的这双袜子，还破了好几个洞，一双旧胶鞋也沾满了泥，他抬腿时我还看到了他的腿患有严重的静脉曲张……”

因为这双破军袜，盛涛确定对面这位“老农”当过兵。而熟悉的面孔告诉他，这应该是自己当时的某位首长。于是，他主动地与对方攀谈起来，发现这位“老农”竟然是张连印，曾任过自己的副军长！

此时张连印已经退休回乡种树六年，无论是外貌还是内心，都已成为地地道道的农民。

盛涛掩饰着内心的起伏翻腾，时近中午，他邀请张连印到餐车吃饭。“那时绿皮火车的餐食远不如今天的高铁盒饭和餐车炒菜，但我真想请首长好好吃一顿饭……”谁知，张连印从包里掏出早晨吃剩的半袋榨菜和一袋方便面，死活不肯去餐车。盛涛看到这一切，潸然泪下，“2009年，中国虽未全面进入小康，但百姓的生活大大改观了，而他那方便面还不是桶装的，是那种塑料袋装的，我生拉硬拽地把他拖进了餐车。”

后来，盛涛对渠元德讲起这段经历时，还心潮起伏，眼角濡湿。渠元德跟随张连印十几年，最了解张连印的这种品性：“他并非刻意节省，而是节省早就成为习惯融入了他的血液。我跟首长和阿姨一起外出买树苗，吃得最多的就是方便面。首长说方便面吃着很香，可是谁不知道到饭店要个炒菜更有营养呢，他就是为了省钱。”

后来，无论在大同部队还是转业回河南省驻马店，盛涛都时常关注着这位“绿化将军”。他在单位一直负责宣传工作，无论在大同的报刊上还是在国家各省、市的媒体上，他一直追踪着张连印这个名字。“2021年10月，中共中央宣传部把首长评为‘时代楷模’的直播，我第一时间收看了。首长的事迹，我有幸见证了一个小细节，对首长更加充满敬意！”盛涛回忆起当年与张连印在火车上的“奇遇”，仍然思绪万千。

张连茂每当说起他堂哥“苦守”的那些糗事，都摇头叹息：“他那些‘抠门儿’的事太多了。就说那次在西梁吧，他为了省工省时，中午不回家，泡了一包方便面，再加一个小面包，跟我们一起吃。他和我嫂子那嘴唇裂得都是血，弄得碗里也是血。在我们看来，这真是自找苦吃……”2015年之后，一直在外打工的左云县人田四旺来到苗木基地工作，他的手机里保存着很多张连印席地而坐与大家一起吃方便面的照片……

2013年9月，植树资金周转出现了困难，资金链告急。“种！

再难，也要接着种！”他和王秀兰商量后坚定地说。苗木销路不好，但民工的工钱得给，植树治沙的事还得干，低价卖吧。为了把树接着种下去，张连印忍痛将树苗降低到市场价的一半贱卖给了其他苗木基地。卖苗的一百多万块钱，给民工开了工资，还了欠款之后，已所剩无几，难以维持日常开支。

怎么办？张连印横下心准备贷款，并决定用他和老伴儿的工资慢慢还。

有人劝他：“树种得差不多了，见好就收吧，至少得给自己留点看病钱。”

“做事不能半途而废，再难也要想办法！”张连印铁了心要干下去。

见到这种情况，当时担任村支书的张连功动情地说：“老将军不要地权、林权，掏光家底为了啥？还不是为了咱家乡，为了咱乡亲！”张连功联络了两个本家兄弟张玉安和张连雄，他们家里也没有现钱，三个人以个人名义分别贷款十万块钱（信用社规定，每个家庭贷款不能超过十万块钱），一起交给了张连印。

看着这三十万块钱，张连印的眼睛湿润了，他让王秀兰拿来纸和笔，写好了三张借据。他激动地说：“真是雪中送炭！真是雪中送炭！钱我先留下，借条你们收好，等资金周转开了马上还给你们。”没想到三位兄弟死活不肯要借条，他们说：“对于我们来说，这十万块钱真不是一个小数目，但对于植树造林这么大一个摊子，只能是救救急，表表我们的心意。你为了绿化家乡把全部家当都拿出来了，我们还有啥不放心的，打借条就见外了。”

对于张连印时常出现的资金链的窘境，参与种树并且后来常住苗木基地的张二女和安殿英是亲历者。“即使张晓斌回到左云之后，这种缺钱的情况依然没有改观。”安殿英说。

2016年，张二女看到张连印为给民工发工资急得团团转，而张晓斌也一下子拿不出十几万块钱，便与安殿英私下商量后，果断地拿出了自己存的五万块钱。然后他俩又动员一直跟着种树的符青梅的哥哥符喜瑞："我们这些年存了五万块钱，你肯定比我们多，你多出点，拿十万吧，咱们给他救救急。”最后他们凑了十五万块钱，解了张连印那次的燃眉之急。

“为了种树不但花光了自己的积蓄，还让子女们出钱……”安殿英说，“虽然我也当过兵，懂的道理多一些，但在将军面前，根本不是一个层次，我跟他的差距太大了。这就是将军啊！”

这些年，张连印把自己多年积攒的家底、孩子们的存款、苗木基地的利润都投入到植树造林事业中，村子里自家的老屋坍塌得不像样子了他却从未想过翻修。一些乡亲劝他："连印啊，你心里只想着种树，就不想想自己的家？你家屋子是咱村最烂的，咱穷山村多少年才出了你一个将军，老宅风水好，还是花钱翻盖一下吧。”现任村支书郭利民也一直琢磨着改造张连印的老屋。张连印却说："风水，风水，有树就能生风，有山就能生水，我还是把那点钱用在绿化荒山上吧！”

他腰板儿压弯了，皮肤晒黑了，宁可自家屋子塌了也要省下钱投到植树上。他没觉得受苦受罪，反而快乐满足。因为他知道，只要锲而不舍地干下去，就能实现心中那个绿色的梦想。

第四章

一棵树的生命之旅

情定“绿色皇后”

汽车驶入左云县的时候，进入视线的每一棵树，仿佛都有张连印的影子。

也是在左云县，我们记住了一个新的树种——獐子松。

无人机在“将军台”上方拍摄的图片里，茂密的树林中也多为獐子松。在左云县参观过的所有植树地点，无论是张家场乡的村庄还是乡外的村庄，獐子松都成为了闪闪发光的主角。

笔者问同行的张二女：“沿途的獐子松是不是都是张连印将军种的？”张二女回答道：“并不都是。但有一点可以确定，当初是我大哥回乡植树的行为，带动了周边的植树。”当路过又一片茂密树林的时候，张二女兴奋得叫了起来：“快看，那一片就是我们栽的！”

张家场村与张连印同龄的老支书胡万金以及八十四岁的魏如老人把对獐子松的感情干脆都记在了张连印身上：“因为他，我们才第一次见到松树，以前只听说过松树，可根本没见过松树长什么样子，是将军把松树引进到我们这里来的。”

对大家的这种“偏爱”，张连印客观地说：“在我回来之前就小范围栽种过獐子松，并不是我第一个引进的。”很显然，以前小范围的栽种并没让胡万金和魏如记住獐子松。但必须承认，在左云县大面积地栽种獐子松，确实始于张连印。

而选定这一树种的过程，并不轻松。

张连印说："选什么树，这非常关键。按照我们这里一直的习惯，过去种杨树、柳树的比较多。我在河北生活了多年，把河北的杨树苗、柳树苗带回来给村民们种，他们都说不适合。县林业局的专家则为我们提供了一份包括獐子松、油松等耐寒、耐旱树种的名单。这些树历来成活率比较高。"张连印所说的杨树和柳树，目前在左云县境内多见的是一种小叶杨，而柳树真的很少见。

从石家庄出发，沿高速公路从河北省涞源县进入山西省浑源县境内后，路边的杨树就立即发生了突变。左云县人对这种杨树有多种叫法："新疆杨""小老杨""老汉杨"。王秀兰和张连印小时候每年也种树，种的就是这种小叶杨：把树枝剪下来，挖一条长沟，把树枝们往里一插，把土踩实，顺利的话到春天就会长出芽来。但由于干旱，成活率普遍不高。

小叶杨那种独特的形态，如果你去过新疆，就不用多描述了——枝干笔直，枝杈和叶片直直向上，叶子细小……这种树在西北、东北一带极为常见，特别是在新疆。当年第一次到乌鲁木齐时，特别惊讶于世间还有这样一种杨树——它与内地长着粗壮的高高的枝干、宽阔肥厚的绿油油的叶片的杨树有着奇异的相似，却又有着明显的不同，它们从枝干到叶片都那么纤细、袖珍，并且叶片的颜色不是绿色，而是一种毛白色……真是"一方水土养一方杨"啊！

"蒲柳之姿，望秋而落。"我们在张家场村周围，看到的树并不少，特别是路边、坡上、堤坝上，高大粗壮的小叶杨一看就知道长了几十年了。张连印告诉我们，那都是20世纪50年代至80年代种的，早已成材。漫坡遍野有那么多小叶杨，可为什么风沙还是挡不住呢？

张晓斌一语道破了其中的玄机。他指着苗木基地池塘周围的一片小叶杨说：“到了冬天——其实不用到冬天，秋天就能让小叶杨的叶子都掉光，它防风挡沙的作用也就明显不如松树了。”他又转身指着苗木基地里依然郁郁葱葱的獐子松说：“獐子松即使到了深冬，依旧还是绿的。再看看獐子松叶片的形状和密度，就明白为什么我爸会最终选定它了——它既是景观树，又能高质量地防风治沙。”

在选定獐子松之前，张连印也有过一个尝试的过程，其中甚至发生过激烈的碰撞和冲突。在苗木基地建好之前，张连印住在堂弟张连雄家，兄弟俩在选择树种上意见不一致。张连雄心直口快，生气了两个人就吵架。张连印岂止与张连雄吵，他还与王秀兰因为种什么树吵呢。王秀兰从张连印订阅的园林杂志上看到了一种杏树，不是那种作为果树的杏树，而是一种景观树，秀美鲜丽，婀娜多姿。她想把这种树种在苗木基地里道路两边，让一直灰头土脸的张家场村换个模样。

但这种树试种之后，大面积死亡，因为左云县无霜期太短，实在无法提供给杏树生长所需要的阳光、湿度和温度。第二年王秀兰还想试种时，张连印坚决地制止了她，再加上每天的高强度劳动，两个人吵了起来，吵到急处，惹得“倔老头儿”发了飙：“我回来种个树，你却挑三拣四的。我不用你管，你回你的新荣区去种！”

张连印赌气说出的新荣区就是王秀兰的出生地西张士窑村，当时还归属左云县，后来被划入大同市新荣区。

当然，吵过之后，两个人依然互相关爱。“他们的感情可好了！

阿姨特别关心我们首长。”杨树海说。

为了选择树种，渠元德记得跟张连印数次前往多地考察。张连印也曾与当时的村支书张连功探讨到深夜。

那天，王秀兰炒了几个小菜，捏了莜面墩墩，邀请张连功到家里吃饭。张连功、张连印两个人盘腿坐在炕头上，边吃边聊。张连印说：“种树和带兵打仗一个理，要有勇有谋才行，否则就会吃败仗。你看，咱种的杨树命不‘硬’，即使勉强活了，也是‘老汉杨’。种植方法也不科学，惯用的挖坑浇水掩埋的法子，在咱这黄土丘陵缓坡风沙区行不通。”

张连印拿出手机，给张连功看一张獐子松的图片：“瞧，这是好树啊！根深，耐旱，耐寒，不惧咱这荒滩滩。”

张连印先后到大同、唐山、繁峙等地考察，经专家推荐、多地比较后，确定了去獐子松的大本营——辽宁省彰武县章古台镇。

“辽宁省彰武县章古台镇有全国著名的獐子松育苗基地。这是专家推荐的，我也考察过多次，不仅是左云，右玉、朔州等周边搞荒山绿化的，也都是大面积地种植獐子松。”张连印说，“章古台镇一个叫鲁安的苗木基地老板，对我帮助特别大，后来我们成了好朋友。”

在张家场村，关于獐子松，最为经典的画面是：树冠葱绿，树干黄褐色，地面上却是一层厚厚的积雪。这奇特的画面能够说明獐子松是多么耐寒。当然，除了耐寒，獐子松树干端直高大，枝条舒展，针叶翠绿，顶芽饱满，长势旺盛，四季常青……在很多森林公园和连绵逶迤的冈峦山岭，青翠养眼的獐子松绝对是一道景观。

与其他树种不同的是，在最干旱的年份，其他树种如落叶松、杨树等会枯死，而獐子松依然能正常生长，因此，獐子松被誉为

“绿色皇后”。

张连印种在左云县大地上的獐子松，树龄不一，高低不齐。最早的位于北梁上的已经成材，都是十八层树塔，有五六米高，而小的幼苗还在苗木基地里。无论大小，我们看到的獐子松都树干挺直，幼树树冠呈尖塔形，成年的则呈椭圆形或圆锥形。獐子松是阳性树种，树冠稀疏，针叶多集中在树的表面，呈针状，刚硬，表皮层角质化，有较厚的肉质部分，气孔生在叶褶皱的凹陷处，在光照充足的地方，侧枝和针叶尤其繁茂。

獐子松能忍受零下四十摄氏度至零下五十摄氏度的低温，不苛求土壤中水分是否充足，在养分贫瘠的风沙土以及土层稀薄的山地石砾土中，均能生长良好。獐子松这些优秀品质和抗风防沙等方面的一流能力，使得它被确定为三北地区防护林及固沙造林的主要树种。这些风沙地带在獐子松造林成活后，随着林木的生长，不仅风蚀减少，防风阻沙、改善环境的效果也日益凸显。

耐寒耐旱，并且有个好“皮相”，獐子松自然在张连印这里成了宠儿。那些立于沙石里的獐子松仿佛在说：“我静静地站着不说话，就能击退风沙。”

育苗流水线

在左云县，树是有个性的。

纵使是“绿色皇后”来到左云县，环境和土质的变化也使得每一棵树的长成都困难重重。

獐子松强大的生命力使它成为一种长寿树种，一般情况下树龄可达一百五十年至二百年，存活时间长的可达二百五十年。然而，獐子松栽好后最初几年的生长速度却极为缓慢，特别是在栽好后的第一年，由于起苗时根系受到损伤，短时间内根系不能从土壤中充分吸收养分，所以会比正常的生长时间晚二十天到三十天；第二年，年平均生长量为十点六厘米；第五年，年平均生长量为三十八点八厘米……“皇后”嘛，一定要耐心“伺候”，心急不得。

张连印最初买过獐子松种子，自己种在苗木基地里。然而，这里是河滩地，气温低，无霜期短，土质贫瘠，出苗率很低，成活率更低。即使是从彰武县引进的獐子松种子，并从当地请来技术员到左云县张连印的苗木基地帮助育苗，效果也不理想，并且过程特别复杂：松土，施肥，拉成畦，撒上种子……三年后，那奄奄一息的

张连印走向苗木基地

小苗还在地皮上趴着呢！它们在东北两年就能长二十多厘米。“人家那边土质好，气温也比我们高。”王秀兰这样解释。这是笔者第一次听说山西某地竟然比东北气温还低，谁不知道东北三省的许多人一到冬天就会变成候鸟飞到海南呢。

左云县林业局副局长胡德全是山西农业大学的高才生，张连印回到左云县前往林业局请教时，第一个找的就是他。胡德全告诉张连印：“你不要撒松子育苗，太慢，等到小苗长出来，你再往山上栽，起码还得三四年。你要栽别人育好的树苗，先在你的苗木基地里育上两年，等适应了再往山上移栽。”

人们都记住了张连印最初两次种树的失败。他回乡的第一年，尽管确定了种獐子松，但他并不知道这树苗会“橘生淮南则为橘，生于淮北则为枳”，从彰武县章古台镇买了一万株獐子松树苗，种在北梁上，不久全部干死了。第二年，他又买了六千棵树苗补栽，依然全军覆灭。看着栽种时间不长的树苗一批批地死在地里，张连印难过地洒下了将军泪。但他没有放弃，毅然决然地继续艰辛跋涉、探索，踏上了苗木基地育苗的漫漫征途。

辽宁省彰武县章古台镇，是张连印跑了八次的地方。他从那里买来一年到三年生裸根苗和两年或多年生容器袋苗，回到自己的苗木基地再栽培。

王秀兰提到了一种“婴儿床”育苗法。她把这个过程称为“假植”。从东北买回树苗，再移栽到山上，这中间大概需要十个步骤。

第一步，买苗。看似一手交钱、一手交货的简单交易，抛开事先的谈判沟通不说，只是交通运输的过程，就状况百出，得处处谨慎。

从左云县到彰武县，距离一千多公里，先要从左云县乘坐中巴到大同，再乘坐绿皮火车到沈阳，然后再乘坐中巴到彰武县，至于村镇之间的那些小三轮车周转，有时可以忽略不计，有时却颇费时间——这还只是人去的过程。而人前往的目的，主要是买苗。在张连印眼里，树苗可比人娇贵。他雇的大卡车每车要装上百万棵树苗，从辽宁省彰武县章古台镇运到左云县，路途遥远，不确定的因素太多，很难确保途中万无一失。

2007 年那次，张连印是带着安殿英、张二女去的，前期行程还算顺利，但由于苗木量太大，只能分装两车。张二女先带着一车树苗顺利地回到了左云县。然而，张连印和安殿英跟的那辆车中途却遇到了大堵车，这一堵就耽误了两三天。他们心里那个急啊，明知车上那些“小宝贝”捂得难受，可是只能干着急。他们回到苗木基地一看，果然树苗都被捂坏了。而这样的意外损失往往始料未及，张连印只能默默地承担。

种树工期紧张的时候，张连印走不开，不得不让王秀兰独自出门。大约是 2008 年秋天，他们在网上订好了吉林省柳河县的树苗，并按约定预付了十八万块钱，结果对方却告诉他们：“当年的树苗卖完了，明年再给你们吧。”双方是第一次打交道，彼此都很陌生，对方说明年再给树苗，张连印却很担心，如果第二年不给树苗，又不给退钱，怎么办呢？

第二年春天，苗木基地格外繁忙，别人实在抽不开身，只能派王秀兰前去办理。

王秀兰坐着火车从大同来到了沈阳。这次，张连印打电话让老战友出面沟通，对方如约把树苗发到了左云县。

而对于育苗来说，这些路途中的状况只是万里长征的第一步。在一般情况下，大卡车拉回来的两年生獐子松树苗，要在苗木基地再培育三四年才能转栽到山上，这要经历漫长的等待。

第二步，假植。为了防止从外地买回来的獐子松树苗因露天风吹日晒而脱水干死，要用挖掘机挖一条壕沟，把树苗一捆捆码放整齐，用土把根部埋好，浇好水，等待装袋。这就是假植。

第三步，平地，整畦，开沟。把十里河的烂河滩平整得有了平地的样貌，再整出十米长、一点二米宽的畦子，并且整得平平的；然后在畦子的旁边开出水渠，因为浇水是少不了的工序，所以水渠的深度、垄高非常关键；接着把假植的树苗一捆捆提出来，剁掉老根，再在根部挂上泥浆保墒；最后还要在平整好的畦子里挖出一条一锹深的沟，底面要整平。

第四步，装营养袋。营养袋是一种高二十厘米、周围有孔洞的白色塑料袋。在县林业局技术人员的指导下，张连印雇用村民们把根部挂好泥浆的树苗一棵棵装进营养袋，并且用周围的土把袋子装满，再把它们横竖成排地放进开好的沟里。

第五步，填土。用土把带着营养袋的树苗的根部埋好，只露出小小的树身。

开始时，张连印和王秀兰总是担心土踩不实，树苗不能成活。别人都走了，他俩还要一棵棵地再检查一遍，经常检查到半夜，相当于又踩了一遍。

第六步，浇水。在干旱少雨的左云县，给树苗浇水是一道关键工序。杨树海把浇水称为浇“救命水”：“当时不浇水，成活率就特别低。”

给树苗浇水同样也要浇到半夜。一个个十米长的畦子，要检查两边的土埂，防止跑水。经常是一些土埂不结实，水跑得到处都是。王秀兰说：“心里总是想着什么时候才能灌满畦子，赶紧浇完这块地。可是，许多畦子不平，只能拿着铁锨平整，让水流顺畅……”张连印和王秀兰经常在别人睡下之后，顶着月亮在畦子里检查。王秀兰的右腿开始不舒服，仿佛骨头在被人往外拉拽。她说：“说痛也不是痛，说痒也不是痒，锥心的那种难受……就是累的吧。踩一万多个树坑，所有畦子都浇完水，有时还要拽着长长的水管子走，其他活也要干……”那时，王秀兰也快六十岁了，在石家庄哪里这样高强度地劳动过！所以直到今天王秀兰走路也不是那么轻快。

第七步，覆盖树苗。栽到苗木基地里的小苗，要防止入冬时被冻死，所以要大批量购买稻草帘子或是一种彩条塑料编织布盖在树苗上面，再在上面覆土，等到来年春天再扒开。“扒开的时间节点非常关键，必须适宜——揭早了，气温还没有升上去，小苗就被冻死了；揭晚了，大地已经回暖，小苗也会被捂死。因为怕伤到小苗，所以不能用工具，必须用手一棵棵地扒出来。这时，你会发现小苗已经偷偷地在下面扎根了。”王秀兰说，“我看到偷偷生长的树苗心里别提有多高兴了，但有时也只能遗憾地感叹，因为有的小苗没能挨过冬天，连冻带风干，就死了。活下来的，三四年后，才能长到五十厘米到八十厘米高。”

第八步，田间管理。小苗移栽后，还有大量的田间管理工作要做。从表面看上去它们是一棵棵树苗，实际上底下有一个个袋子，就像婴儿睡在婴儿床上一样，还需要拔草、施肥、浇水、精心管理。“埋到苗木基地里的小苗在有水有肥的情况下，成活率才百分之五十。”王秀兰说。而这个浇水、施肥、除草的过程，要重复多次，才能让它们正常生长。

第九步，秋天再覆盖。生长了一个夏天的树苗，因为入秋时气温骤降，所以必须把那套覆盖的程序再重复一遍。而且树苗当年秋天还需要再浇一次水，用草帘子或彩条塑料编织布加上土覆盖后才能安全过冬。一直到冬天过去，第二年春天再把土扒开，把草帘子取下，树苗便又开始了新一年的生长……如此重复三四年之后，小苗才能长到五十厘米到八十厘米，终于可以正式移到山上栽种了。

第十步，起苗，移栽。往苗木基地外移栽的成活率也经历了一个从低到高的摸索过程。开始时移栽成活率极低，后来张连印自己琢磨，移栽时要尽量带够苗木基地的泥土，用苗木基地的泥土紧紧包住树苗的根——“母土”的概念就是这样产生的。往外移栽的树苗要带上足够多的“母土”，在根部形成土球，再在外围用绳子绑紧，这样带着土球的树苗移到外面去才容易成活。

“张连印太难了！”听不同的人从不同的侧面讲述了他们在左云县栽树的这十个步骤，不由得让人惊叹，不就是种活一棵树嘛，在左云县怎么就这么难呢?

有一次，某部队的军官们听完了这个种树过程，惊讶地说:“在左云种活一棵树的步骤居然这么复杂，花的时间居然这么长！种活一棵树的时间，一个孩子都能上完小学了。”

“我在石家庄也种过树，把树苗放进去，浇上水，然后就不用管了，很快就活了。但在左云这样可不行！在左云种树太难了，比抚养一个婴儿还费劲儿。”王秀兰说。

世人大多只管欣赏绿树成荫、松涛林海，又有多少人会去深究一棵树从栽下去到成材的这段长征呢?

然而，一棵树，在左云县就是这么娇气！不要幻想在这里插枝即活，那种无心插柳的侥幸，只能出现在雨水丰沛的南方。在左云县，树只能如此——当它与张连印的理想捆绑在一起的时候，这对“难兄难弟”必须承担“同甘共苦”的命运了。

再一细想，从“婴儿床”上满是胎斑和皱纹的“婴儿”，出落为雍容华贵的“皇后”，又岂能一蹴而就?

《管子·权修》曰：“一年之计，莫如树谷；十年之计，莫如树木。”张连印在家乡“树木”的道路并不平坦，只能说是苦并快乐着。

面对质疑

张连印在最初种树时遇到的种种困难中，还有一种是他意料之外的——对他种树动机的观望和质疑。

开始是村民们悄悄议论：“咱们自己的山头，他用来种树，好处都让他一个人占了，不知道他在打什么算盘。”

“一个退休将军不在大城市里享清福，却要跑回穷山村里自讨苦吃，在缺水少土的荒山上种树，要不这就是谣言，要不就是有所图，因为傻子才会干这种事。”

这些闲言碎语被村子里张连印的亲戚听到了，堂弟们不断地劝他，这种费力不讨好的事情，最好还是别做了。张连茂对他说：“咱村里的荒山数十年来就没种活过树，你不要逞这个能，到时候后悔都来不及。”与张连印同岁、从小一起长大的胡万金，专门找到张连印，告诉他，现在村里的许多乡亲对他回来义务植树都抱着“不相信”的态度，认为他是一时头脑发热，干不长久，新鲜劲一过就会回石家庄的：“你退休后工资不低，有那闲钱做点啥不好！趁着腿脚还利索，老两口儿溜达溜达、休闲休闲、享享清福多好！”

张连印摇了摇头说：“我是个闲不住的人，旁人理解也好，不理解也好，我做到问心无愧就是了。”面对村民们的不理解，开始时张连印的心情非常沉重。协议书上白纸黑字写得清清楚楚，在荒坡上植树他从来就没想过图点什么。如果非要说有所图的话，那就是家乡能有片绿水青山，子孙后代能有一个好的生态环境，能给张家场村的父老乡亲带来一些经济效益。

张连印刚刚回到家乡时，有的乡亲就像看“怪物”一样看张连印。比如在张家场乡的一个村子，张连雄本来已经事先联系了乡政府、村委会，确定了某天到那个村子的荒坡上种树。可是，当张连印和张连雄带着一班人马拉着树苗、开着水车、扛着工具来到村前时，令人意外的一幕出现了：村民们竟然以为张连印另有所图，一群男女老少堵在村口，女人和孩子们站在最前面，叫嚷着不让他们种树……张连雄脾气火暴，开始还压着火气告诉村民们，已经跟乡里和村里联系好了。但村民们不听，出言不敬且不逊，有些话还说得很难听。这下张连雄火了，立即上前拉开了打架的阵势。张连印一把拉住他：“咱们种树是做好事，没必要让村民们不高兴，村民们不让种的地方，咱们坚决不种。”

“要不是我大哥拉住我，那天非出大事不可。我们都带着工具呢，我这脾气可不是好惹的。他们不让种也就算了，还骂人……”张连雄至今说起这件事，依然愤愤不平。后来乡里知道了这件事，在红旗梁协调了一块荒坡让他们种树。

这就是张连印种树需要面对的尴尬：荒山野岭再需要绿化，毕竟也是有归属的；你的出发点再美好、高尚、无私，县、乡、村哪一个环节出现了问题，树也种不下去。

回乡初期，张连印必须拿出相当的时间和精力应对乡亲们的不理解，特别是由于这种不理解而形成的各种障碍。他只得以自己的真诚打动那些观望怀疑的乡亲们，用尽一切办法打消他们的疑虑。

好在他的努力终于得到了回报，乡亲们开始向他投来信任的目光。有了乡亲们的理解和支持，张连印信心倍增，立即打算承包村边的三千亩荒山。

签合同那天，张连印信心十足，满以为自己出价高，村民们也都接受，再也不会出差错；可真到了签字时，谁也不肯落笔。

一些质疑的声音又涌了出来：“荒山荒地有集体的，有个人的，日后地权咋分？树成材后归谁？”

有人吵吵嚷嚷：“老张种树都是给自己种的，等树长大了就来钱了。”

有人交头接耳：“他不会打着将军招牌‘借鸡下蛋’，发家乡土地资源的财吧？”

第一次签约就这么黄了。

张连印没有埋怨大家，他理解乡亲们的疑虑，知道农民们不容易。自己离开家乡多年，突然回来种树，必须让乡亲们有一个接纳和理解的过程。为了消除误解，张连印专门在村两委会上再次表明初心：“本来我没权参加这个会议，就当我是列席吧。我植树就是想报一报党组织的培养之恩，报一报乡亲们的养育之情，使家乡的环境好起来。我再次表明态度：地权、林权我都不要，我只要三十年的治理权。三十年后这些树木也该成材了，到那时我全部退还，请组织上一定相信我！”

接着，他郑重地与乡政府、村委会签了合同，与村民们订了协议：“地权、林权我都不要，三十年后所有树木无偿送给集体和土地原来的承包者，荒山上植的树归集体，耕地上植的树归村民。”

会后，村支书发动全体村干部深入到村民们家中做工作。

张连印的承诺和实际行动深深地感动了乡亲们，人们逐渐打消了疑虑："人家老将军图啥？就是图为家乡的子孙后代造福呗！""以前只是在电视上看见过一些大公无私的典型，觉得不真实，没想到自己身边就有这样无私的人。"

大家的担心消除了，纷纷签了合同，有的人还主动去义务帮工。

从羊倌到护林员

动物是有生命的，江河湖海也是有生命的，在张连印的心里，树的生命尤其珍贵。

最开始种树的时候，为了控制成本，张连印没雇护林员，结果意外发生了：经过十多道工序培育、千辛万苦种活的小树苗，被羊啃得七零八落。

张连茂回忆起那次羊啃树事件，说："那次，在村西的补子湾，我们种了很多树，却都让羊啃了，六十多亩地啊！大哥拿起被啃的树苗，神情无比沮丧……我当时特别生气，提议找那些羊倌要求赔偿，还要狠狠地教训他们一顿，甚至想到了报警！"至今说起这件事，张连茂依然很气愤。

张连印看着被啃食的小树苗，心疼至极，但一句话也说不出来。当时跟着种树的渠元德说："他从来不当着我们的面流泪，但我发现他背过身去在偷偷地抹眼泪。"

于是有人给他支着儿：往树苗上洒农药，在林地边缘设栅栏、立警示牌；也有人建议他报警，羊啃树赔钱天经地义啊！

但张连印却说："咱们辛辛苦苦种了半天树，树苗却被羊啃了，我心里肯定不好受。但我是农民的儿子，知道乡亲们养几只羊不容易。"他看到羊倌们每天在地里行走，鞋磨得不成样子，冬天放牧时戴着破旧的帽子，立刻由心疼树苗变成了怜悯那些羊倌。他说：“不能全怪他们，他们也有自己的难处。”

一天晚上，羊倌武志成被通知到村里另一个羊倌家里开会，他不免有些担心：“那几天，羊啃将军树苗的事在村里传得沸沸扬扬的，我也听说了，觉得将军肯定生气了，要拿我们开刀了……”

“谁知，我们等来的不是指责和惩罚，而是和颜悦色地唠家常。更令人感动的是，摆在我们面前的是崭新的胶鞋、雨衣，还有钱！”武志成说起当时的情景依然激动万分。

面对全村的羊倌，张连印真诚地说：“我也是农民出身，知道大家放羊挣点钱不容易。我回来种树，不要林权，不要地权，就是想为家乡做点有益的事情，把咱这荒山荒坡绿化好，把咱家乡建设好。羊破坏的是树苗，也是咱绿色发展的路。希望大家帮我一把，看好自己的羊。”

张连印的一席话让屋子里顿时安静了下来。

羊倌们都被张连印感动了：“人家一个将军，退休了不在大城市享福，跑到这山沟里义务植树，还不是为咱们好吗？咱们再让羊啃人家的树，那就太不像话了！”打那儿以后，羊倌们放牧都格外小心，生怕羊再啃了树苗，渐渐地，村里自觉护绿的人也越来越多了。

有的羊倌儿觉得难为情，想参加张连印种树的队伍。张连印连忙摇摇头说：“春天正是羊啃青抓膘的好时候，耽搁放牧就是耽搁挣钱，这事也不小。”

羊倌们满心感激：“毁了老将军的树苗，自己本就理亏，可没想到，他不仅没让赔钱，还主动过来慰问。绿化环境咱即使帮不上忙，也不能扯后腿啊！”

张连茂开始时对张连印的做法是不理解的，渐渐地，他恍然大悟："他跟咱们普通人的脑子不一样，比咱们想得远，还特别心细。他发现羊倌们走路多，鞋都坏了，当时虽没说什么，几天后，他就把羊倌们叫到一起，一人发了一双胶鞋。中秋节还给他们送去了月饼。从那儿以后，羊倌们再也没让羊啃过树苗。"张连茂对这个堂哥佩服得五体投地，"他总是比别人有办法。他那办法的确比罚款、训一顿效果好得多。因为你根本不知道具体是哪个羊倌的羊啃的树苗，羊太多了，你能去一个个查吗？现在他把羊倌们的积极性调动了起来，一起保护树木。事实证明，他做得太正确了！"

张连印在野外治沙植树，也经常会碰到这些羊倌，到了饭点张连印就拉着他们一起吃。张连茂说："有时候天气寒冷，他就从小卖部买瓶酒，就着馒头、咸菜一起与羊倌们喝两盅……他们还经常

张连印（*右一*）给羊倌讲述生态保护的道理

坐在河滩上一起拉家常，高兴了还用家乡的小曲小调吼上两嗓子。渐渐地，他和这些羊倌建立起了深厚的感情，最后到了无话不说的程度。”

张连印以德报怨的人格力量感动了养羊的乡亲们。每次放牧时，他们都格外小心，生怕羊再啃了树苗，还逢人便夸：“张将军是咱村最大的官，一点儿架子也没有，和我们羊倌交朋友交心，我们打心眼儿里佩服。他种树是为国家、为乡亲们，真是好样儿的！绝不能再让牲口去毁林了！”

2021 年 11 月 17 日，我们乘坐着张连印的五菱宏光面包车去采访羊倌武志成。面包车在张家场村村南田野上的一条土路上拐了几个弯后，不能前进了，我们只得弃车步行，来到一处山坡上，见到了武志成。他身穿一件厚厚的羊皮袄，举着一条长长的鞭子，脸上都是风霜留下的痕迹。

山坡上所有的树都脱下树叶开始过冬，只有不远处的獐子松林绿意盎然。田野里遍布着收割后的半尺高的黍子茬儿和杂草，很多地方都有雪，天寒地冻，寒风刺骨。带我们去的田四旺说：“这些雪这一冬天都不会化了，只会越积越厚。”

在满是积雪和枯枝的山坡上，武志成的羊们正在安静地吃草。

1957 年出生的武志成在新疆当过四年兵，按辈分应该叫张连印叔叔。他说：“我记事的时候将军已经参军离开村子了。2003 年将军回来种树时，我还没养羊，到处打工，也种地。我们村子多少年来都是这个样子，我不相信他能种活树，可没想到他还真种活了，后来我就加入了他的育苗、栽树队伍；再后来，家里养了六十多只羊，就天天放羊了。”

武志成指着自己脚上的鞋子说：“我现在穿的这双胶鞋，就是张将军送的，穿了三年了。他冬天给我们送棉鞋，夏天给我们送单鞋，中秋节还给我们送月饼，有时还给我们送钱呢！按说，我们的羊啃了将军辛辛苦苦种下的树苗，我们应该给他赔偿才对，可将军却这样对我们，所以我们下定决心再也不让羊啃树苗了。”

田四旺说：“首长对他特别好。现在，他自发成为护林员了！”

“对对！我们村里一共有三群羊，羊倌都成了义务护林员。看到别的村的羊啃树，我也管。还有防火，我也负责，如果有危险，我就马上报告。”武志成笑着说。

武志成人随羊走，谈兴正浓：“以前一刮风到处是沙子，什么也看不到，连羊跑远了也不知道。现在我们村子变化太大了，环境也好了，我们放羊时也不用吃沙子了，我也越来越敬佩将军了。将军种的树比人都高了，我们更要好好看护了……”

火　灾

张连印刚解决了羊啃树的问题，火灾又来考验他了。

其实当初栽树时，张连印已经考虑到逢年过节乡亲们要上坟烧纸，早就在坟地四周留出了足够的空地。并且每到清明节前，张连印都会组织人员上山巡查，防止火灾发生。但尽管如此，火灾还是发生了。

2013 年清明节那天上午，张连印正和几个老乡在屋子里商量事。看着他们大口大口地抽着烟，火星点点，烟雾弥漫了整个屋子，张连印突然有种莫名的不安，开始担心他种的树。

满山的树可都是他的“孩子”，每棵树的安危都牵动着张连印的心。

“着火啦！着火啦！快救火！”几声紧张急促的呼喊声，让张连印本就悬着的心彻底提了上来。

“决不能因为一把火就让这些年的心血付诸东流！”他在部队几十年锻炼成的指挥素养这时派上了用场，“你去拿灭火器材和水桶，你去开车拉水，你去村里喊人，剩下的人把铁锹都带上，跟着我去救火。”

张连印拿起铁锹，快步朝着火点跑了过去，根本不像年近七旬的老人。张连印严密组织，科学指挥，村民们泼水的泼水、扑火的扑火，火势渐渐地变小了。

张连印（左一）带领大家在北梁上巡查防火情况

突然，一阵“卷地风”吹过，一股强烈的火焰呼地迎面向张连印扑来。“不好！快躲！”张连印猛地向后一跃，躲过了直往脸上蹿的火苗，但因为重心不稳，脚踝被重重地崴了一下。起身以后，他强忍着疼痛，再次加入了灭火的队伍。

林火终于被扑灭了。火灾过后，森林警察使用专用工具测量出着火面积为二十八亩。

“没人在的时候，他重重地叹息。那些被烧死的树是他的命根子，他太心疼了，背着我们流眼泪。”这是一直跟在他身边的魏巧红亲眼听到、看到的。

那场火灾过后，张连印没顾上去医院看脚踝的伤，而是第一时间把被火烧死的树苗补栽上了。

那位引发火灾的村民，深感歉疚。张连印等人上梁补栽时，他积极参与其中，以期补过。

从那年开始，每到清明节，村里都派专人把守路口。

屡禁不止的毁林事件，让张连印感到：栽树难，护树也不容易。要从根本上解决问题，必须提高群众的生态保护意识，否则种再多的树也难见成效。

为了鼓励更多的乡亲们加入植树造林、管林护林的行列，张连印把自己三百多亩苗木基地繁育的獐子松、侧柏、新疆杨等苗木无偿地提供给十里八乡需要种树的乡亲们。

有人开着车来拉树苗，看到张连印这位年逾花甲的老人在山上种树育苗非常艰难，主动提出要付点成本钱，而张连印总是婉言地拒绝：“只要你们把树栽活了，绿化了荒山，就是对我最大的支持！”

车　祸

2010年5月的一个傍晚，天下着雨，张连印从县城办完事叫了一辆夏利出租车回苗木基地。

当出租车行驶到一条小路的转弯处时，迎面突然冲出来一辆摩托车。为了紧急避让，出租车司机本能地向左一打方向盘，躲过了摩托车，但却撞上了路边的一棵树，砰的一声，挡风玻璃碎了，张连印大叫一声，肋骨处、脸部一阵阵剧痛袭来……万幸的是，汽车撞到的是周边最小的一棵树。

他用手抹了一下脸，急忙问出租车司机："师傅，你没事吧？"

司机接过话："我没事，您碰到哪儿没？"

"没事。"张连印用手扶着肋骨处，快速地打开车门下了车。

此时，那辆摩托车已经倒在地上，轮子还在快速地转着，骑车的小伙子呆坐在地上。

张连印快步走了过去："小伙子，有没有摔伤，用不用去医院？"出租车司机这时也跑了过来。骑摩托车的小伙子见自己和摩托车没什么大碍，对方受损却比较严重，寒暄了几句后，便扶起摩托车离开了。

当出租车司机准备陪张连印到医院检查时，张连印却说了句："没什么大事，不用管了。"出租车司机又问："那您看赔偿您多少钱？"

"一分钱也不用赔，你又不是故意的，何况你也受伤了，还要修车。"张连印强忍着剧痛告诉了司机最近的汽车修理厂，坚持自己步行回苗木基地。可是他只走了几步，血就流了一身一地，剧烈的疼痛让他实在迈不动脚步了。他不得不打电话给魏巧红，让他把自己接回了苗木基地。

“他进院后，特意偏着脸，为的是不让我们看到他的伤口。可是我越看越不对劲，跑过去一瞅，这还了得，他左眼边那么长一个大口子，差一点儿就扎到眼睛了，血还在流。他还用手捂着肋骨处，一脸痛苦……”张二女想起当时的情景，仍感到后怕，“我问他怎么回事，他才说是被玻璃碴儿扎破的，反复叮嘱我们不要告诉别人……”

魏巧红带着张连印来到医院检查，发现他除了脸上的伤外，左边的肋骨还折了两根，需要治疗和休养。魏巧红问他为什么不让出租车司机赔钱，张连印却说：“一个出租车司机，一天挣不了几个钱，太不容易了，就别难为人家了。”

那几天王秀兰恰好在石家庄，听张二女说了整个过程，一路噙着眼泪往回赶，不住地自责：“我为什么偏偏这时候离开？要是陪着他一起去，路上说说话，哪怕是拌拌嘴，磨蹭一下，兴许也能错开那个时间点……”

王秀兰来到医院一看，张连印躺在病床上，胸部裹着绷带，脸颊瘀青一片，眼底布满血丝，说话的声音极其微弱，但几乎每句话都离不开树……王秀兰心如刀绞。

安殿英说：“他不让人陪床，没住几天就回来继续种树了。有一天早晨，我到苗木基地巡查，突然看到大哥痛苦地坐在地上，手里还抓着一根树枝……原来他从医院回来后，肋骨疼痛，不能蹲着上厕所。需要上厕所时，他就悄悄地跑到外面的树林里，拽着树上的一根树枝。结果今天树枝断了，他就跌坐到了地上，自己还起不来。我看到后，连忙把他拉了起来……”

安殿英说着，泪水涟涟，哽咽得几乎说不出话来：“你说他这是图什么？他要是为了自己挣大钱，还可以理解，可他……”

张二女在一旁补充说：“就这样，他还不让告诉别人呢。那时我大嫂正好回石家庄办事了，他更不让告诉晓斌他们。”

那位出租车司机后来听说和自己一起出车祸的人就是远近闻名的“绿化将军”，极为内疚，特意买了一箱罐头专门到苗木基地来看望。

事后，王秀兰既心疼他又埋怨他。他笑着说：“皮肉之伤，不妨事，没必要惊动大家！”

张连印脸上还有一道疤痕，那是2018年10月的另一起“事故”造成的。那天，张连印从外面办事回来，招呼魏巧红上山检查树苗成活率。魏巧红劝他：“大周末的，出去办事跑了一大圈了，您歇歇吧！”

“我不放心，还是上去看看吧！”张连印当天穿着平底布鞋，上山走得很快，在一个斜坡拐弯处一不小心滑倒了，额头被沙棘划了一个大口子，血一下子冒了出来。

魏巧红要给他家人打电话，被他制止了。他让魏巧红直接把他拉到了大同的医院，一共缝了九针，回来后他还用帽子盖住伤口不让别人看到。

张连印经常外出考察树种、购买树苗，遇到的危险远不止这些。渠元德回忆起2007年冬天他与张连印、王秀兰去繁峙买树苗时遇到的危险：他们一起走到半路，雪越下越大，山路很快就结了冰，他们前面的一辆车已经滑到了路边不能动了，而他们的车也无法前进，车轮不可抑制地下滑。张连印和王秀兰拼命地推车，又用石头挡住后轮，才没有出事故。

“要想种活树，先学会抱小孩儿”

“想想你是怎么抱孩子的，现在你就怎么抱树苗。”张连印怀里抱着一棵獐子松树苗，树苗的根部包着圆滚滚的土球——那就是“母土”。他像怀抱一个婴儿一样，一边做示范动作，一边告诉围拢着的众人。

或许，当初他的三个孩子需要他哄抱时他都不曾有过这样的耐心；而如今，在左云县的一棵棵树上，他补偿了本应该年轻时给予孩子们的所有爱和耐心。

选定了树种，对于张连印的植树造林理想，仅仅是万里长征迈出了第一步。他和他的那些树，注定还要经历一次次生死考验。

一棵树苗在苗木基地培育成功了，到了植树季节，就要往外移栽了。这时不要以为种树的任务就完成了，让一棵小树苗长成参天大树，还要经历一道道沟沟坎坎，甚至刀劈火烧。

干旱，让张连印种活一棵树困难重重；而水土流失，更让种树雪上加霜。由于特殊的地形和气候条件，左云县的土壤质地疏松、肥力贫瘠，要改变荒山秃岭的面貌，不仅要种树、种活树，还要进行科学的风沙治理。

张连印说：“种活一棵树相当费劲，先要在苗木基地里养上三四年，挖起来，运到山上栽好。有的地方车根本开不上去，只能靠人力背上山，就这样，栽到地里也未必都能成活。”

开始时，张连印只按“一苗一瓢水”的土办法栽种树苗，然而，这种法子在张家场村却行不通，在这里种活一棵树比养活一个孩子都难。

第一年，他们栽下了上万棵獐子松树苗。转过年一开春，狂风刮起来，像砍瓜切菜一般将树苗吹倒、吹跑了，六七成的树苗就这样没了。

张连印心里发慌："难道这沙，真的治不了了吗？"

村支书张连功想劝他，但总也张不开嘴。张连功以前没少组织过村民种树，对那种"造林不见林"的痛也感同身受。乡亲们也劝张连印："咱这地方栽不活树，你就别折腾了，安安稳稳地在家过几年好日子吧！"

从 2003 年开始，树，便成了张连印和王秀兰生活的全部。最

张连印小心翼翼地搬运树苗

初的几年，王秀兰学会了对张连印“察言观色”，因为树苗的成活与死亡就写在张连印的脸上。有时她也会迫不及待地问：“怎么样？”开始时张连印会回答一句：“还好。”不久之后，张连印的笑容渐渐地消失了。栽好了树，本来期待着一片阴凉，然而树苗成片成片地枯死，成活率竟然不到一半。他吃不下饭，睡不着觉，王秀兰不用问也知道情况不妙。

堂弟张连茂、张连雄等不少亲戚朋友连番规劝：“大哥，村里种了几十年树，都没活几棵，咱们还是别费这个心思了。”

老支书胡万金也曾劝他：“我都当了几任村支书了，每年都会带着人种树，可都没种活，你能种活吗？”

这些规劝他的话，张连印就像没听见，他就是不服气：“别人都种不活，我才种！要是别人都能种活，还要我种干什么！”

为了找到树苗死亡的原因，张连印把一些成活的、枯死的和快要枯死的树苗连根挖起，分类收集标本，又对成活的、枯死的和即将枯死的树苗认真分析对比，反复研究，并对栽培方法进行反思，在树坑旁一蹲就是半天。

“这是研究啥呢？也不知道能研究出个啥来？”村民们对张连印的行为很不解，“一个个干树根，有啥看头？”

张连印先后多次走大同、跑左云、上辽宁，找到了很多林业专家、技术员一起分析原因。他白天跟着技术人员东奔西跑，晚上还要从自己买的十几种林业书籍中寻找答案，一看就看到了后半夜。

张连功说：“他真像咱部队上的那些人，‘不抛弃，也不放弃’。都六十多岁的人了，还那样干，我们作为村干部也必须跟上。”

安殿英一直跟随张连印种树，见证了张连印的整个“科研”过程，他说：“我们乡里、村里都种过树，是那种杨树，大多数都死了，第二年再补种，还是死。没种活，一般人就不再种了。面对着一片死去的树苗，我还打击过他呢：‘看，活不了吧？’晚上回到苗木基地后，我又说：‘这个地方就不适合栽树，白费劲了吧？’”

可是张连印告诉安殿英：“事在人为！今年不活，看明年，继续种！”

“将军不服气，对我们说：‘我就不信，难道比上甘岭还难？’”张连印在造林这个完全未知的领域，从来没被任何一个难题所降服，安殿英把一切都看在眼里，心里满是佩服：“人家将军与我们不同的是，他看到死了树苗，也难受，也伤心，但他很快冷静下来，陷入深深的思考，将一个个乱如麻团的障碍理清，将一处处坎坷崎岖的道路蹚平……”

张连印这位军事领域的悍将，渐渐地成了林业专家，其中的艰难困苦、坎坷曲折、酸甜苦辣，常人无法想象。

安殿英用手比画着：“我们看着树苗死了，干着急，还打击他，让他别种了。但他围着死去的树苗一蹲就是半天，把死树苗拔出来，认真地研究到底是什么原因。他反复观察琢磨，树坑里埋树苗的土密度与四壁原土壤的密度不同，干湿也不同，挖的这个树坑把土的湿度破坏了，即便踩得再紧实，也跟原来的不同了。原来的土风吹不进去，阳光射不进去，但后来埋上的土再怎么踩紧也是松软的，风一吹，阳光一照，水分就流失了。”

“种树不就是挖个坑把树苗放进去吗？”笔者问安殿英。

“这是常规的种法，可是在我们这个地方，这个方法行不通。”安殿英说着，拿过笔记本，又拿过笔，在笔记本上画了两个圆圈，又在第一个圆圈的中心位置点了一个黑点，“将军结合自己的观察思考、报纸杂志以及专家的建议，想出了一个非常关键的提高成活率的方法。看到这第一个圆坑了吗？常规的种法是把树苗放在挖好的树坑的中心位置，这样的方法适用于南方地区；而在左云，放进去的新土密度不足，一夜大风，水分就会流失殆尽，树苗也就干死了。”他又在第二个圆圈的边缘点了另一个黑点，“大哥琢磨出的办法是，不再把树苗放在树坑中心，而是让树苗贴着坑的边缘栽下去，这样，树根贴着树坑边缘的原土，树苗至少有大半边能够保证水分，并且风吹不到，再把填土踩实，保证浇水，成活率就大大提高了。”

安殿英演示了半天，我们总算听明白了：圆坑中间的土，再踩也踩不紧，太阳一晒，风一吹，就干了；而树苗种在土坑的边缘，周边有一部分原土是没动过的，水分可以部分保持。“这个方法是第三年他自己总结出来的。林业技术员在理论上给予指导，但这样的实践经验全靠他自己。他太聪明了，现在我服气了！他尊重科学，善于思考，太用心了！”安殿英满脸的佩服，“调整了树苗在坑里的位置后，还有第二步，必须把树苗带着部分营养袋一起栽到地里，如果取下来，水分就容易流失。树苗包着袋子被种到苗木基地里培育，三四年后连袋子一起种到山上去。你想啊，这就像婴儿一样，满月时的免疫力与两岁时的免疫力肯定不同。树苗大一点儿，已经适应了左云的水土，再往山上栽就好活了。”

张连印身边的人都对他的刻苦学习精神记忆深刻，张连茂说：“我看到他身边经常放着一摞林业杂志，每天没事就翻着看如何育苗啊、如何植树啊。他回来时对种树啥也不懂，现在比我们这些真正的老农懂得还多，快赶上林业技术员了。獐子松在我们这儿有十六七个品种呢，哪种啥脾气、啥性能、有怎样的生长过程，他都很清楚。他这个人心细，干一行专一行。”

2005年春季，张连印和王秀兰像照顾自己的孩子一样，对种下的每一棵小树都倾注了心血：整地、挖坑、植树、围圈、浇水、覆土……每一道关口他们都亲自严格把关，原来浇水一两次，后来增加到三四次，白天浇不完就连夜奋战，这一年栽下的树苗成活率达到了百分之九十以上。眼看着小树苗迎风而立、生机勃勃，张连印的脸上终于露出了欣慰的笑容。

知识带来了无穷的力量，花甲之年，张连印又变身为林业“大学生”，翻出了多年前的书开始苦读。他说：“绿化是门综合技术，气象、地理、生物、化学都要懂。于是，我把丢掉多年的军事地形学书和高中、大学文理科的书又捡了起来。能看得进去，还要消化得了，知识给我插上了腾飞的翅膀，壮大了我逐梦的力量，为我开启了第二次青春的大门。”他购买的关于林木栽培方面的报刊从十八年前的《林业科技》等十多种增加到后来的二十多种。阅读这些专业期刊和报纸，几乎占去了他所有的业余时间。每天吃过晚饭，他就端坐在桌子前学习钻研。王秀兰跟他开玩笑说，一到晚上他就变成了一个书虫。他还经常走大同、上北京、去东北考察学习，拜师取经，就连患病住院期间，在往返医院的路上，他都在学习、记笔记。对于一位带兵打仗的将军来说，在新的领域，在艰苦的环境里，在专业知识零基础的情况下，能下这么大的苦功，取得难以想象的成就，实属罕见。

村支书张连功参与了张连印种树的全过程，许多细节他都记得很清楚：“补栽以后呢，原先浇水也就是两三次，后来是五六次，加大了投入，加大了力度，保证了树的成活率。有一天大家刚在苗木基地里栽上树苗，突然停电了。有人说，咱们明天再浇水吧，可是张将军非常认真，说，如果明天再浇，树苗就会干一个晚上，不一定都能活，咱们必须连夜浇完。结果我们就用汽车灯照明，用小四轮车、老牛车拉水，硬是把树浇完了。及时的浇灌让树苗一棵都没死，全部活了下来。”

八十四岁的魏如老人在最初的几年也参与了种树。他说：“老百姓栽树是不浇水的，啥也不管，百分之六七十的树苗都死了。人家将军说坑要挖多深就得多深，水需要灌满就必须灌满。谁灌得怎么样，将军都看着呢，不合格就得重来。”

“要想种活树，先学会抱小孩儿！”这句话张连印曾向许多人强调过。他告诉大家，要像爱护自己的孩子一样，悉心呵护每一棵树苗。在专家的指导下，他总结出了“营养袋育苗法”“喷防啃剂法”等，攻克了沙地树难活、牲畜啃新苗等难题，硬是从一个“门外汉”变成了“林业专家”。而树苗们也用如今的满目苍翠回报

张连印深夜还在学习

了他的苦心。

在左云县，一棵树的旅行，仿佛前世今生的漫漫长路：从东北苗木基地被运来，顶住了漫漫路途的风干捂遮，回到十里河滩苗木基地的“婴儿床”育苗，“小学毕业”后经历了抱婴儿式移栽，再躲过风干、羊啃、火烧，最后长大成材。这就是一棵树在左云县的命运图谱……

张连印必须直面一棵棵树在左云县长成的艰难历程，克服形形色色的困难和障碍。他种树十八年，俨然一个滚石上山的西西弗斯，屡败屡战，越挫越勇，最终他成功了。

张连印在第一拨植树时虽然遭遇了挫折，但是毕竟有少量的树苗活了下来。那星星点点的绿色，给他带来了莫大的安慰；那一棵棵顽强生长的幼苗，给了他无限的希望。

所有的一切，都告诉张连印，张家场村是能够种活树的。他对成活的每一棵小树都倾注了自己全部的感情。他想到了“星星之火，可以燎原”。尽管“火”历来是树的天敌，可是在此处用来比拟张连印在左云县种树的全过程，却格外贴切。

尤其是最初的几年，张连印这种“泰山崩于前而色不变，麋鹿兴于左而目不瞬”的淡定、果敢，不但赢得了身边所有的人的佩服，更鼓舞、带动了身边所有的人。

安殿英说：“老汉儿脱下军装，立即还原了农民的本质，看见那些树苗比看见自己的孩子还亲，干起活儿来就像特殊材料做成的，走起路来像个年轻人。”

在安殿英和张二女的讲述中，“老汉儿”成为一个格外奇特的称呼，他们在对张连印叫着“大哥”的同时，经常脱口而出这个词，加之他们的左云县口音，突然就有了一种特别的意味。张连印身边所有的人以及村民们，对张连印的称呼从“将军”“首长”到“大哥”，最后都成了“老汉儿”。

笔者特意就“老汉儿”这一称呼询问了张连印，他爽快地说：“‘老汉儿’是我们这里对老年男人的称呼，非常合理。没事，你就这样叫！”在许多人的心目中，张连印就是这样一个地道的“老汉儿”。

必须注意“老汉儿”的儿化音，他不同于我们平常所说的“老汉”。并且，在左云县，“汉儿”的总体发音很特别，不是我们平时使用的现代汉语声调中的四声，而是一种介于二声和三声之间的音调，有一种独特的味道。

在左云县随处可以听见“老汉儿”的叫法。而听到人们用这个词称呼张连印时，便感觉里面包含着一份沉实的“可爱”，是一种爱称、尊称，甚至某些时候还含有那么点亲昵。无论发明这个词的当地人当初是否赋予了它贬义或褒义，抑或中性，有一点可以肯定，用于张连印时，这个儿化音是爱、是尊、是亲。

行走在左云县的大地上，一道道绿色屏障拔地而起，毛乌素沙漠“侵略”的步伐戛然而止。昔日的赳赳悍将成为植树专家，人们又送给张连印另一个称呼——愚公“老汉儿”。

2005 年，是张连印回乡种树的第三个年头儿，北梁上的树大部分已经成活，长势良好。这年的 5 月 16 日，《山西日报》刊登了一条消息——《风沙在晋北绿色屏障前却步》。文中说：“春季是沙尘天气多发季节。4 月中下旬，在蒙古东南部和我国内蒙古红格尔和查干敖包地区出现了沙尘天气，但据北京市气候中心遥感监测信息报告：‘这次沙尘天气对北京没有造成影响。’”

那次沙尘暴是当年入春以来最强的一次区域性沙尘暴天气过

程，涉及新疆、青海、甘肃、内蒙古、河北等五个省区，按照往年惯例，这样大范围、高强度的沙尘天气必定会影响北京。但那次却出现了例外，原因只有一个，就是晋北地区的绿色屏障挡住了进京风沙的脚步。

我们不能确定张连印在这里面的贡献有多大，但可以肯定的是，他种的那些树已经深深扎根于晋北大地上，也已经成为阻挡进京风沙脚步的绿色屏障的一部分。张连印也正让自己大踏步地走在“左云多栽一棵树，北京就会减少一粒沙”的信仰大道上。

第五章

一个人与一群人

见过张连印身边的很多人后，笔者想到了一个词：磁场。是的，一个人的磁场无比强大，才能吸附众多的追随者。

张连印身边的那些人，算不得什么“大人物”，他们平时都有自己的生活轨迹，有自己的喜怒哀乐，甚至有自己的小心思、小算盘、小愿望……2003 年的某一天，他们受张连印的影响，先后加入到张连印的植树行动中，他们的人生轨迹便由此改变了：他们不再是原来的“他们”，而是成为另一群“他们”。这时，他们就成了“大人物”。

“树友”辛存保

左云、右玉，这两个地名并列在一起，似乎有一种奇妙的韵味。

右玉县紧邻左云县，与左云县一样有着深厚的历史文化底蕴。右玉，由历史上的右卫和玉林卫合并而来，明为右玉林卫，清改右玉县。时至今日，雄伟的右卫古城墙仍在诉说着当年的金戈铁马。我们曾与张连印、王秀兰一道前往右玉县，亲身感受“右玉精神”。昔日风沙成患、山川贫瘠的不毛之地右玉县，经过全县几代人的艰苦奋斗，靠着“一把铁锹两只手，干罢春夏干冬秋”的精神，坚持不懈地植树造林、退耕还林，现在目光所及，满目苍翠，早已变成

“塞上绿洲”，林业绿化率也从中华人民共和国成立初期的百分之零点三提高到了目前的百分之五十六。

张连印对“右玉精神”领会很深：“回到左云后，我真切地感受到了‘右玉精神’在普通百姓心目中的影响力。”而右玉县在张连印植树最艰难的起步阶段，为他“提供”了一位亲密的“树友”——辛存保。

虽然左云县和右玉县分属大同和朔州两个不同的地区，地缘关系却让两个县之间无论是人还是物，都有着千丝万缕的联系。“真是‘远在天边，近在眼前’。右玉是绿化的老典型，一开始我没往那儿想，后来，我想他们那儿有几十年的实践经验，肯定能帮我解决问题，这使我顿时在迷惘徘徊中看到了新希望。”张连印就是在朋友的介绍下，将目光锁定在了当时担任右玉县水利局中心苗木基地主任的辛存保身上。

那是 2003 年张连印刚回乡种树不久，他和张连雄来到右玉县威远村，找到了辛存保的苗木基地。张连雄向辛存保介绍说：“张连印将军从河北省军区退休了，想回来种树，过来看看树苗，并打算买一些。”

“我马上意识到，这肯定是哪个部队又要搞绿化了。这么大个首长来买树苗，不过是回去拍几张照片，走走过场，形式主义而已，树苗都不一定能活！所以我根本没在意他们，简单应付了几句就去忙别的了。”这就是辛存保对张连印的最初印象。“谁知，几天之后，他们又来了，半个月来了三次。我悄悄地问随行的人们，才确定那真是一位将军。他们从我这里买了二十多万块钱的树苗，我这才明白，他们并不是想做苗木基地生意，更不是作秀、作假，而是真正要种树、绿化荒山。”

从此之后，辛存保对这位总是穿着一身旧迷彩服的退休将军产生了浓厚的兴趣，问他买这么多树苗打算怎么干。张连印告诉他：“先绿化张家场村，再往村后的荒山上栽，渐渐地还要往全县栽。”辛存保说：“一来二去熟悉之后，我才了解清楚他退休回乡搞绿化的事，心中既好奇，又充满了敬意。”后来，张连印经常来辛存保的苗木基地，每次都亲自下到地里，向辛存保请教很多关于种树的技术问题。

“有一次赶上中午，我请将军吃饭，他先是推辞，后来见我再三邀请，便说：‘旁边就有面馆，咱们一人一碗面就行。’从那儿之后，不管是他来找我，还是我去左云找他，我俩常常就是一人一碗面，有时与他那里的民工们一起吃大锅菜。”

辛存保深知经营苗木基地的难处，就劝张连印栽些别人育好的小苗，这样再培育两三年就能往山上种了，比自己撒籽育苗节省两年的时间。辛存保还劝他一定要建自己的苗木基地：“我告诉他，你刚回来种树主要是亲戚朋友帮忙，帮上一年两年可以，种上千八百棵树也行，但人家不可能总帮你义务植树吧？你年年种树，亲戚朋友都拖家带口，他们也要吃饭生存啊。你把树苗卖一部分，剩下的自己种，这样成本低、效率高，才能实现你的目标。”张连印就是听了包括辛存保在内的许多朋友的建议，才在十里河滩建起了自己的苗木基地。

选定十里河滩做苗木基地时，张连印想请辛存保到现场实地指导。此时辛存保也听说了张连印越来越多的种树故事：花自己的钱买了很多树苗却没能种活，再买树苗钱不够还跟儿女们借钱。辛存保说：“这一下子把我感动了。我就主动教给他开苗木基地、栽树的知识。他给我打电话让我过去看看那片河滩地的土是否适合种树，偏巧那几天我太忙，告诉他过几天就去。他可好，当天就开着车装着一袋子土来右玉找我了，让我看看土质是否可以种树，能否建苗木基地。我告诉他土质可以，等我忙完就到他那里看看，给他具体指导。”

张连印告诉辛存保：“这个苗木基地要着眼于长期规划。我现在的目标是张家场村，以后张家场村的绿化形成规模后，还要绿化乡里、县里，乃至晋北地区。”

辛存保顿感震惊，他惊异于面前这个农民模样的退休将军胸怀如此高远的人生志向！从此，张连印往辛存保面前一站，不用说话，辛存保就能感到一股强大的气场。张连印绿化荒山的理想、造福社会的奉献精神以及开阔的胸襟，都让辛存保由衷地敬佩。他细心地教授张连印关于苗木基地管理方面的技术，两个人来往频繁。张连印遇到问题时就跑去辛存保的苗木基地请教：从苗木基地的科学规划到区域性建设，从春季病虫害防治到冬季抗寒性管理，张连印都拿个小本子一一记录下来，不放过每一个细节。晚上吃饭的时候，两个人也未停止过探讨管理技术方面的话题。张连印晚上休息之前，还在自己随身携带的笔记本上记录白天的所见所闻，积累管理经验。辛存保感慨万端地说：“没想到他这么用心啊，可把我感动坏了！我就不停地支持他，我们成了‘树友’！”

“树友”这个词是辛存保专为张连印发明的。

在张连印的苗木基地，说出“辛存保”三个字，许多人要先想想是谁，但他们都无比熟悉“右玉老辛”，张连印也是这样称呼他的。自从认识了辛存保，张连印每确定一处种树地点，都会请他“参谋”：“老辛啊，你忙不忙？县里给了一块地方，你给看看怎么栽，栽哪种树比较好活。树要栽活，又要省钱，还有个安全问题，你给规划一下。”几乎所有的种树地点辛存保都去过，小河家口村、双泥河村……并且，每一个地点辛存保都能讲出不同的故事。

即使后来张连印的苗木基地有了成批的树苗，张连印还是经常从辛存保的苗木基地里购买一些适合特殊地段栽种的树苗。“他经常来我这里买苗、拉苗，亲自下地去起苗，往往是早晨五六点就下地了，早饭就到我们旁边的小饭店吃一碗面。他真爱学习啊，问了我许多关于树木的知识：什么苗子好长，什么苗子什么习性，适合什么土壤……人品是时间长了之后才能看出来的。前三四年，他的树苗能卖钱了，那时他的资金也周转不开，我让他卖树苗周转一下，一棵能卖一二百元呢。他说不卖。他是义务植树，看着树苗这么长着特别高兴……这太让我感动了！他哪像位将军啊！我每次去他那里，也跟着他们一起吃饭，他就跟民工们坐在一张桌上，平易近人，不像领导，没有官架子。”

辛存保说他对张连印的印象经历了从不相信到相信，到崇拜，再到全力支持的过程。辛存保说：“张将军认真的态度感动了许多人，也感动了我。他刚回去时，左云生态环境不是太好，看看现在的左云，变化太大了！他是把‘右玉精神’学到家了，并且进一步发扬光大了。”

辛存保还讲了“四个想不到”。

“第一个想不到：他从将军的高位上退下来，却那么平易近人，那么好接近，和普通百姓一样，跟普通农民同吃一锅饭，同坐一辆车，不怕土，不怕脏。他生活上一点儿也不讲究，非常简朴，吃穿太普通了，有时还不如我这个农民。

“第二个想不到：我原来认为他义务植树就是走走过场，没想到他一坚持就是十几年，一般人根本做不到，他太不容易了！

“第三个想不到：他得癌症那年，做了大手术，我估计他也就不再坚持种树了，谁知道他从医院回来以后继续种树，这让我太意外了！

“第四个想不到：你说他自己回来种树就种吧，还把儿子也叫回来了，也不让儿子升官了，他可真舍得！”

大家的力量

被授予“时代楷模”称号后，张连印在许多场合反复强调，这个荣誉是团体的贡献，是大家的力量。

这虽为谦辞，但事实上，河北省、山西省的许多人先后加入了张连印的植树队伍，为其保驾护航、添砖加瓦、呐喊助威，形成了一股强大的合力。

山西省左云县是张连印植树造林的大本营，在十八年间，中共山西省委、山西省人民政府以及中共左云县委、左云县人民政府，尤其是林业、园林等部门的相关领导和专业技术人员等，为张连印植树造林提供了诸多帮助。

在河北省石家庄，中共河北省委、河北省人民政府以及河北省军区、石家庄警备区、河北省军区石家庄第五干休所的相关领导和其他许多人，也倾尽全力为张连印植树提供了不同程度的支持和帮助。

在这支庞大的队伍中，有两个人很有代表性，他们就是中共左云县委组织部的池恒广和河北省军区的刘松峰。

张连印回乡植树的第十个年头儿，即2012年，左云县的池恒广走进了他的植树生涯。

池恒广说：“给党员培训时，我经常讲党建课。过去我们讲的县级模范人物都是教科书里的，自从认识了张连印将军，我才明白，原来活生生的教材就在身边。”

池恒广真正关注张连印，是从2012年开始的：“我是1984年来到左云县工作的，当时左云县的风沙灾害特别严重，尤其是在春天。到将军回乡的2003年，左云县的生态环境得到了很大的改善，但风沙还是比较大。我们这里是全国重点产煤县，煤矿多，煤主要靠公路运输，运煤的车上没有篷布，路边的树都是黑的。并且一开采煤矿，水资源就被破坏了，地下水位下降，地上的植被生存就更困难了，对生态环境影响特别大。村里的土地除了种庄稼，还有许多荒山荒坡没有绿化。好在张将军回来了，发誓要种树改善环境。”

在左云县采访期间，不止一个人提到过池恒广这个名字，而提到他时左云县人都异口同声地说：“池部长是我们左云的大才子！”也因此，中共左云县委委托池恒广整理张连印的事迹。池恒广作为中共左云县委组织部副部长、左云县老干部局局长，义不容辞地开始把张连印的事迹在全县传播开来。他先是主持了专题片《绿化将军》的拍摄，在全县党员干部中播放。随着池恒广更加深入地参与到张连印的植树事业中，“绿化将军”的事迹也在越来越广的范围内传播，到左云县采访张连印的媒体蜂拥而至，除了主人公张连印之外，池恒广也成为媒体采访的重点对象，并为各家媒体提供了不少一手资料。

正是在拍摄专题片的过程中，池恒广被张连印的人格魅力深深吸引了，他感慨地说：“我做老干部工作多年，见过不少级别高的退休干部，但是张将军不一般，他平易近人，很有激情，办事认真，思维缜密，记忆力很好，特别是口语表达和沟通能力超强，跟我们的编导沟通时非常到位，很快就能领会编导的意图，拍摄总能一次通过！拍完片，我就把他当成了人生的榜样。他的人格魅力也深深地感动了我。”

每到双休日，池恒广都会参加张连印的植树活动，2012 年之后，张连印所有的植树工地上几乎都有他的身影。他说：“张将军是个实干家，他种树也需要跟县、乡两级政府和村委会沟通，而我在组织部工作多年，对乡、村干部都熟悉，沟通起来就相对容易很多。”

池恒广说的是实情。张连印回乡种树，远非当初想象的那么简单：自己花钱买了树苗，就到荒山荒坡上去种呗——一开始几乎所有的人都是沿着这个思维方式去定义张连印植树的。然而，事实却是，国土上的任何一个地方，个人都没有权利动用，不是你想在哪里种树就可以种的，即使是荒山荒坡，林业局也有规划。不仅如此，还要乡党委、乡政府和村民委员会同意才行。

这个时候，池恒广的作用就加倍地突显出来。

2019 年，植树季节到来之前，张连印告诉池恒广他想再找块地方种树。池恒广带着张连印找到分管林业的副县长张颖龙，看看他能否提供一点儿种树的信息：“张县长，张将军想种点树，您给选个地方吧！”

张颖龙笑道：“去水窑乡啊！当然，那里是河滩地，石头太多，但县里一直想绿化那里，可就是因为土质太差，一直没种活，就交给将军啦！那里还是左云县第一个党小组诞生地，乡里还一直想在那里打造一个绿色长廊呢！”

左云县水窑乡（2021 年 4 月撤销，其行政区域并入店湾镇）人民政府所在地下山井村，是一个具有红色革命基因的乡村。1938 年，在下山井村诞生了左云县第一个党小组、第一名共产党员，涌现出了左才、冯继等一大批革命志士。这里有太多的革命故事，县里早就想将打造绿色长廊与建立红色教育基地结合起来，并确定了以“加快煤炭资源转型、打造绿色乡村、构建生态长廊、振兴乡村经济”为主题的水窑乡经济社会高质量发展之路。

听到这个消息，池恒广和张连印都非常高兴，当时的中共水窑乡党委书记宋振中也大力支持这个植树计划，如今那里已经形成了长达六点六公里的绿色长廊。

找地块、请民工、查水源、后期养护管理等一系列事情，池恒广都尽力去协调、沟通。谈到给树浇水时，池恒广说：“浇水非常重要，而农村的大池塘如果不协调好，人家根本不会让你拉水。左云缺水，你把水全用了，牛羊喝什么？我就找乡里、村里，给人家打招呼，对他们说：‘你们看，老将军回来种树多不容易，咱们要给他提供方便和支持……’”

左云县贾家窑村，土地肥沃，水草丰美，吸引了一个右玉县人在那里建了个养牛场，结果他家的牛不小心啃了张连印新栽的树苗。张连印种树十八年，尽管解决了张家场村周围的牛羊啃树苗的问题，但在全县范围内，这个问题依然困扰着他，新种的树苗时常被啃掉，他想了许多办法阻止，但依然防不胜防。

池恒广找到林业派出所，生气地说：“张将军种的树被牛啃了，你们去看看，一定要好好管管！”但民警说，没有监控，牛倌不会承认。池恒广往山上一指：“我去看过了，林地里有牛粪，有蹄印，显然那些树苗就是那家的牛啃的……”

现在池恒广说起这些，仍然很激动地站起来在屋里来回走动：“这些年我越来越感到，张将军栽活一棵树太不容易了！我告诉牛倌，你可以等树长高了再去山上放牛嘛！”从此牛倌的牛再也没啃过树苗了。

这些年，池恒广一直在与张连印并肩战斗，他亲眼看到张连印对树的深厚感情。在雨安庄村，树种好后，张连印请了邻村一位退休村支书看护。这位退休村支书尽职尽责，树苗从来没让牛羊啃过。有一天，补栽完树苗后，张连印与池恒广、退休村支书一起从山上下来，走到路边，他们看到路面上散落着几棵不小心掉落的树苗，张连印立即把树苗捡起来，跟退休村支书一起用手在路边挖了个坑把树苗栽了进去。池恒广深深地记下了这感人的一幕："我发现将军对树的感情实在不一般，在他心中，树好像比孩子还重要。"正因为张连印对树的热爱，邻村这位退休村支书非常敬重他，所以才会义务护林。

有了池恒广对张连印的关注和支持，张连印的植树活动如虎添翼。池恒广说："我是以组织和个人的双重身份参加将军的植树活动的，长期做干部工作我早就懂得：如果组织上给先进人物更多的鼓励，他干劲就更大；如果不闻不问，甚至个别人说几句风凉话，人家就会心冷的。不过张将军意志太坚定了，不管外面是否关注，他照样坚持……"每当植树季节前张连印从石家庄返回左云县，他都会在半路上给池恒广打电话："我回来啦！"池恒广也总是会请几个朋友为张连印举行一个小型欢迎宴会。不仅如此，每个植树工程结束，池恒广都会组织一个小小的庆功宴，答谢那些种树的民工。

每年到了植树节时，左云县的气温都还很低，并不适合种树，以致张连印他们都忘了这个对他们来说有着特别意义的节日，但池恒广每到植树节都会到苗木基地跟张连印和员工们一起庆祝一下："吃个饭，搞个联欢，为的是给将军精神支持。"

池恒广作为一名有经验的党务工作者，几乎每个月都会带领自己身边的楷模——张连印，到各个机关企事业单位作报告。

池恒广对张连印的精神支持远不止这些！平时，每当习近平总书记发表了关于改善生态环境、植树造林的重要讲话，以及党和国家有关的方针政策出台，池恒广都会在第一时间把文件资料送给张连印，而张连印都会认真学习领会。平时住在苗木基地的安殿英、张二女夫妇与张连印、王秀兰住对门，张二女说："有一天晚上，老汉儿两点了还不睡觉，原来是在学习池部长送来的文件呢。"

池恒广对张连印人格的敬重，是由一件件小事奠定的。

2021 年 7 月，中共山西省委表彰优秀共产党员，发给张连印一万块钱奖金。奖金还没发到张连印手里，他就向张晓斌借了五千块钱捐给了张家场村舞蹈队。

张家场村有一支有影响力的舞蹈队，每年元宵节的时候都会免费为大家表演节目，张连印每年都会给舞蹈队捐几千块钱，用于置办服装、道具等。不过最近两年，由于受新冠肺炎疫情影响，舞蹈队停止了演出活动。2021 年夏天，右玉干部学院西藏班学员要到张连印的苗木基地参观，这里已于 2019 年 3 月被命名为"清风林党性教育基地"。为了欢迎远道而来的客人，张连印决定让村里的舞蹈队搞一个欢迎仪式，表演些节目。池恒广对那批西藏学员记忆犹新："那天西藏客人们来了，舞蹈队表演了欢迎节目，热情欢快的表演非常成功，客人们非常高兴，一位西藏党员说：'小院虽小，却受到了大教育，收到了大效果。'"

池恒广真诚地说："是张将军钱多得没处花吗？绝对不是！谁都知道他借钱种树的事，可是他平时就是这样捐钱帮助乡亲们的。这样的事太多了，我敬重他的胸襟和人格，应该让更多的人知道他的事迹。"

事实上，池恒广还真的成了张连印的义务宣传员。张连印的许多先进事迹材料都是池恒广起草的，建成“清风林党性教育基地”后，随着参观团的增多，池恒广全面参与到每次的接待、作报告、带领参观和解说中，与张连印一起安排好每一个环节。有一次，大同的老干部参观团参观完后，感慨地说：“南有甘祖昌，北有张连印。”在张连印被评为“时代楷模”之前，全国高校马克思主义思政课的教授们来到“清风林党性教育基地”参观学习，他们也把张连印称为“现代版的甘祖昌，塞外大地的杨善洲”。2021 年 5 月 22 日，中央军委政治工作部宣传局、组织局先后在“清风林党性教育基地”召开座谈会，池恒广就把人们对张连印的评价如实汇

张连印（左二）等人在北梁上植树

报了。后来中共中央宣传部宣传教育局的领导也听取了池恒广的汇报，他们认为：“张连印同志是初心使命的真挚坚守者、‘两山论’的生动践行者、革命传统的模范传承者。”

面对这些评价，张连印一直有着非常鲜明的态度，他在许多场合表态：“我们左云县历任领导都非常重视生态建设，我只是回来后做了一点儿自己应该做的事，组织上给了我很高的荣誉，这个荣誉属于我们左云县的广大人民群众。我只是作为一个老党员，作为一个退役老兵，加入当地人民群众中，为全县改善生态环境、植树造林起到了带头作用。”

“老将军这样虚怀若谷，又给我们上了生动的一课。”这些年，池恒广一直作为张连印的知音、知己，自觉地为张连印的植树事业默默奉献。

张连印的知己还有一个人——河北省军区的刘松峰。他为我们提供了大量的文字、图片以及视频资料。

刘松峰从 2007 年就开始关注张连印了。那时他在河北省军区负责宣传工作，十多年来，他多次带领军队官兵和地方媒体记者、作家前往左云县采访张连印，对张连印绿化家乡的事迹进行了全方位的宣传报道。刘松峰提供的资料囊括张连印的童年家世、军旅成长、党性家风、社会影响，特别是十八年回乡植树的每一个细节，是一个丰富全面的张连印资料库。在长期的关注和追踪中，刘松峰还撰写了大量关于张连印事迹的新闻、通讯等作品，分别发表在军刊、军报以及国家、河北和山西的各级媒体上。

对于张连印，刘松峰表达了自己特别的敬重和情谊——

“第一，张连印身上表现出了高尚的道德操守和律己意识。张连印超越了所有这一切，那么艰苦地坚持种树，却从不向组织提任何要求，得了重病也不向组织伸手，依然继续不遗余力地植树。有一次新冠肺炎疫情防控期间，所有的交通工具都停运了，但他需要做检查、取药，他这才非常忐忑地向组织提出了要一部车送他去的要求……他平时可是自己坐公交、长途中巴啊！这样的人，我们不宣传，就是失职！

“第二，在生态建设方面，身体力行。国家主席习近平 2021 年 10 月 12 日下午以视频方式出席在昆明举行的《生物多样性公约》第十五次缔约方大会领导人峰会时指出：‘为推动实现碳达峰、碳中和目标，中国将陆续发布重点领域和行业碳达峰实施方案和一系列支撑保障措施，构建起碳达峰、碳中和‘1+N’政策体系……’张连印作为一名退休干部，本可以不参与这些建设活动了，他在军队的使命也已经完成了，可以像大多数人一样颐养天年了，但他却克服了重重困难，以一己之力参与到国家的环境治理和生态建设之中。这么一个典型，需要我们帮扶和宣传。

“第三，张连印作为一面精神旗帜，对全军将士的精神引领作用是不可估量的。他是退休干部的榜样，也是领导干部的标杆，更是军队党员干部的楷模，值得全社会学习。并且，他的个人形象和家庭作风无可挑剔，他不仅是一个植树典型，而且是方方面面的典型！”

身边有个好大哥

若论亲戚关系，安殿英是张连印的表妹夫。

安殿英 1959 年出生于左云县黄家山村，曾在大兴安岭当过十四年铁道兵，退役后回到左云县鹊儿山煤矿，先后任职于车队和保卫科。由于有亲戚关系，他是最早听说张连印回乡种树消息的人。

开始时他认为这位大舅哥有点儿头脑发热，也认为他只是走个过场，回老家散散心，种点树就回石家庄了。安殿英说：“很多人都这么想，他不会种长久。可没想到他一直坚持了下来，于是我就觉得他跟一般的人不是一个层次。我虽然在外面闯荡了十几年，但也跟普通村民想得差不多，只看眼前利益，比如挣点小钱啊，供小孩儿念书啊……可是老汉儿考虑的是大局——防风固沙，改善环境。当我认识到这一点后，就经常利用年休假回来跟他一起种树。”

张二女说：“我们的心情也是随着老汉儿变化的。一年年过去，他真的把树种活了，我们就有信心了。后来我也回来给他们做饭了。”

安殿英和张二女称张连印为“老汉儿”，而每当提到王秀兰时，他们就相应地称之为“老伴儿”。

安殿英心灵手巧，跟随张连印种树十六年，什么活都干过：整地、育苗、种树、修路、园区管理……他拿出了一张表格，说：“我还负责给民工开支呢，每人每天一百二十块钱。”

说起近些年的变化，安殿英说：“上个月我们去店湾镇种沙棘果，是先跟村主任联系的。开始村里有人不让种，虽然年轻人特别欢迎我们去绿化，但老人们有顾虑。毕竟要占用人家的地，他们还盼着国家占了他们的地给更多的钱呢。其实那地一直都荒着呢。但他们一见著名的‘绿化将军’出面了，便立即欢迎我们去种树、种沙棘了……现在许多地方的老百姓也开始自己种树了，这都是我们老汉儿带动的。左云风沙少了，跟以前大不一样了！”

张二女是厨师，还见过张连印与王秀兰为剩饭剩菜争吵。她说：“为吃饭的事，老伴儿说，少做点，别浪费，吃剩饭不好；老汉儿呢，宁可剩下也不让少做，愿意让大家都吃得饱饱的。”最后还是安殿英过来劝说："大哥说得对，大嫂说得也对，你俩都对。以后让二女做饭时尽量问准吃饭人数，争取做得正好。"

安殿英特别理解他们，因为他见证过张连印家的节俭，他说："大嫂是穷怕了，怕浪费。我曾去过他们家里，大嫂时刻盯着我，让我随手关灯，那灯泡小得不行，我家的灯泡都比他家的大；开水龙头也不让哗哗地流。她说，这都是国家和军队的财产。"

张二女接着说："他俩有时吵架，是因为对种树意见不一致，老伴儿说这样种，老汉儿说那样种。后来大哥生病了，我就劝大嫂：'别吵了，顺着他说，让他高兴，反正你俩的目标都是种树……'不过，两个人感情好着呢。大嫂别提多好了！她以前学过足疗，还给我爸爸做过足疗呢！她和我大哥管我爸爸叫姑父。大嫂那时还没退休，我爸爸得了脑血栓，他们休假回来去看我爸爸，大嫂就给他做了一次足疗。我爸爸是一个农民，那脚又脏又黑，但大嫂一点儿也不嫌弃……我这亲闺女都没给我爸爸捏过脚呢。"

张二女的家在小厂子村，离张家场村四公里多。"我和老汉儿是亲戚。一来呢，看到那么多人义务帮他种树，我们也想跟着他一起种；二来呢，他太不容易了，那么大官，还能回来弯下腰干活儿，真是感动了我们。我当时在矿上做点闲工，后来就去了他的苗木基地帮忙做饭。我气管有点儿毛病，肺也不好，因为矿上煤粉多嘛！大嫂为了照顾我，对我说：'你就住在这里吧，省得回矿上你气管不舒服。'"张二女说着，向院外一指，"看，我们种花种树，现在空气可好了，我的病也好了，都能上山种树了。"

安殿英和张二女目睹了张连印在种树过程中遇到的各种困难。有一次，他们主动拿出五万块钱支持他。

"你们想过如果这钱还不了怎么办吗？"

“我们不会怀疑的，完全信得过他——他从不欠工人工资。这就是我们的好大哥！宁可自己去变卖东西也要给工人发工资。”安殿英一脸心疼和无奈的表情，甚至在地上转了一圈，“有些事，我根本不愿意对别人讲，他太难了！我是受感动了，自愿支持他。现在四面八方的人们都到这里来了。可是你们知道吗？当初他一个人面对那么多怀疑和误解时，面对那么多困难时，他默默承受了多少年啊！”张二女接过话头：“我们这个小院，经常就只剩下我们两对老夫妻。现在老百姓信服他了，国家也给了他这么多荣誉称号，人们都来看他了，我真为大哥高兴！”

“得知我大哥得了癌症后，我觉得天塌了下来，觉得怎么好人没有好报呢！他从小命苦，又是孤儿，尽心尽力地为老百姓做好事，老天爷怎么能让他遭这罪呢？”张二女说着，眼里有泪光闪动，“我亲眼看见，那些靶向药和每天上下午各一袋的药，以及每两个月输一次液，把他折磨得都不像他了，太瘦了……就这样，他都舍不得占用白天的时间，到了晚上收工回来，让村卫生院的护士来我们苗木基地给他输液。”

“我永远是张连印的兵”

“这几天我总看到你们，来了好几天了吧？怎么样，饭菜还吃得惯吗？”2021 年 12 月一天的晚饭时间，我们刚在左云县白羊·瑰秀里酒店的二楼餐厅坐定，一位经理模样的人一边给我们铺餐巾，一边亲切地问。

“很习惯，都是北方人嘛！”笔者这样回答着，“职业病”又冒出来，“你知道你们这里有个‘绿化将军’吗？”

“哈哈，你算问对人了。我是他的兵，跟着他种过五年树。”

他就是杨树海，曾在忻州原第63集团军188师服役，是张连印手下的一名普通战士。1990年退伍之后，他一直与张连印保持着联系：“将军调到石家庄27军的时候，我还去看过他。”

2003年，张连印从石家庄退休回到左云县，杨树海召集了几个当时在忻州当过兵的战友去看望张连印。“他依然是我们心目中的首长。当时我真不理解他到底是怎么想的，就回家问我已从政府机关退休的老父亲：‘爸，我就想不通了，首长那么大年纪了，为什么要回来种树呢？’”虽然离开部队多年了，但杨树海依然喜欢用“首长”称呼张连印。

“将军不是一个平常人，他想的问题，他做的事，你们暂时不会明白，但肯定有他的道理。”七十多岁的老父亲这样告诉他。

随着见面次数的增多，杨树海知道张连印种树是为了治理风沙，被深深地感动了：“他那站位，别人跟不上。他说，大同就是北京的风沙源，如果不治理，北京的风沙停不了。他要尽他自己的一点儿力量，为京津减少风沙。我还记得他经常说的一句话：‘我在左云多栽一棵树，北京就会减少一粒沙。’我们想不了那么远，但知道他做的事肯定没错，从那时起，我们几个战友就都利用业余时间跟着他种树了。”

杨树海和几位战友——郭瑞民、张培珍、符希瑞等，最早加入了张连印的绿化大军。

讲起最初的植树记忆，杨树海特别兴奋。那时他们都有自己的工作，一到星期五下午下班后，杨树海就用电话发出“指令”：“走，跟首长种树去！”于是，几个战友一起骑着摩托车风驰电掣般地驶向张家场村。

那时乡村公路还没有修通，泥土路坑坑洼洼，只能骑摩托车。他们一般是星期五下午出发，晚上开始时住在张连雄家；后来苗木基地建成了，就住在小平房里，星期一早晨再回县城上班。

“那时你结婚了吗？”

“结了。”

“你这样一到周末就跑出去，媳妇能理解吗？”

“能理解，没事！我跟父亲和媳妇说，你看首长从石家庄回来种树，绿化家乡，我们不该去尽点力吗？”杨树海说，“我们都是义务去植树的，有时我媳妇也对我说：‘这个星期天咱们带着孩子去公园吧，划划船，散散步……’我就跟媳妇说：‘你看人家将军那么大的领导还义务植树呢，这段时间是植树季节，特别忙，咱们能帮就帮点，以后有的是时间去玩。’”

杨树海是战友中的领头人，在张连印面前，他仍然保持着在部队时的习惯，一路小跑着干活儿，雷厉风行。“我可以很自豪地说，我在首长面前从不拿捏，干的活儿特别标准、过硬，他对我的工作一般都是非常认可、非常信任的。”正因为如此，张连印总是把重要的事情放心地托付给他。

“开始时这么高，后来这么高，最后都两人高了！”杨树海站起身，用手比画着他们种的树，“再后来，我们把苗木基地里的树苗移到山上，移到外村，现在到处都能看到首长种的树！你们来的这几天觉得这里风很大吧？不过十年前我们这儿的气候比现在恶劣多了。虽然周边的县和左云县都在种树，但我觉得，如果没有首长种树十八年，很难挡住这么多风沙。要是让我用一个百分比来量化首长的功劳，我觉得首长的贡献占百分之六十以上。他种的那些树，以苗木基地为中心，向北面、东面、南面扩展了很多，这些都可以用无人机看到呢！”

杨树海满心憧憬：“我觉得再有十年，他种的那些小树就都可以长成栋梁之材了，会给左云留下一笔巨大的财富！首长经常跟我们说：‘等我百年之后，把这片树林留给家乡！’”

2008 年之后，张连印的植树工作渐渐步入正轨，而杨树海的单位性质发生了变化，他不能经常外出了。他说：“首长那边的树种得也成一定规模了，我们几个战友就不再去种树了，但我一直关注着首长。”

尽管不再参加植树了，偶尔休假的时候，杨树海还是会去看望张连印。张连印就带着他去看他们一起栽下的树，说：“树海，看，这就是咱们的成果！我虽然离开部队了，但现在我的‘士兵’有这么多呢！原来你们穿的是绿军装，现在它们不也穿着‘绿军装’吗？”

杨树海回忆起十几年前的那一幕幕，仿佛再次激活了他体内的激情，他又跃跃欲试了：“从今天开始，我把时间计划一下，决定利用长假或周末，再回去帮首长种树！因为无论是在大同市，还是在左云县，我走到哪里都会自豪地说：‘我永远是张连印的兵！’”

老　师　们

本来，张连印的人生与大学和科研院所没有直接联系，但因为种树，在张连印的“理论版图”上遍布着林业专家、教授等与种树有关的人，他们帮助张连印像章鱼一样将自己的触角伸向四面八方，汲取养分，获取知识。难能可贵的章鱼模式加上灵敏的“声呐”系统，使得张连印的绿色事业振翅高飞。

从2003年开始，张连印为了能让自己种活每一棵树，四处求教，遍访名师，虚心学习。当时担任山西省造林局副局长的于铁树，教授级高级工程师、山西省林管局局长周长东，山西省林业局治沙科科长高俊臣，大同市林业局总工程师张吉林、治沙科科长张昌，左云县林业局局长郭兴武、张华，左云县林业局副局长牛世平、胡德全，还有更多无法查证的老农和土专家们，都为张连印提供过无偿的技术服务和专业知识方面的帮助。

曾任山西省林业厅防沙治沙办科长的桑金海，是张连印拜访的第一位老师。桑金海是山西省治沙专家，参与规划指导了全省的荒山绿化工作。2004年初夏的一天，张连印几经周折，赶到太原找到桑金海的办公室。回忆起与张连印的初次相见，桑金海感慨地说："我第一次见到张将军，他是背着半袋子沙土来的，让我帮助分析沙土地育苗成活率低的原因，我们一聊就是大半天。张将军给我的第一印象是外表沉稳庄重，和蔼可亲；说话言辞恳切，朴实无华；做事严肃认真，求真务实；对自己即将从事的绿化事业，充满希望，满怀信心。"

桑金海帮助张连印分析了张家场村周边地区治沙难的三个原因：一是沙化土地极易形成沙尘天气，并且地域辽阔，不是一朝一夕能治理的；二是我国三北地区自然条件差，降水少，风力大，土壤养分低，苗木成活率低；三是自然条件差，植树造林可选树种少，使得造林成本提高，在一定程度上影响了治沙工程的进展。

随着植树工程的推进，受张连印邀请，桑金海专门聘请了几位技术专家来到张家场村给张连印现场传授植树治沙技术，示范操作规程，对张家场村适宜种什么树、如何选苗和育苗等逐一讲解，一住就是十几天。张连印勤奋好学，不懂就问，将学习到的植树治沙技术很快就运用到实际中去了。

治沙不是一蹴而就的，需要坚持不懈、久久为功，不断更新科学的育苗种植技术。在桑金海的指导下，张连印种植的第二批树苗成活率大大提高。张连印对植树治沙的专注和执着也感染了桑金海："张将军退休之后下决心绿化自己的家乡，精神难能可贵，这样的人，真是当代愚公啊！此事必成！这将是山西省林业建设史上浓墨重彩的一笔。"

张连印曾对许多人说过："高手在民间。要学知识长本事，就要多学多问。在种树方面，我不是将军，不是领导干部，我要甘当一名小学生。"破解了治沙难题让张连印增强了信心，决定采取"以苗养树"的方法，向育苗方面的专家拜师学艺。

辽宁省彰武县章古台镇，地处科尔沁沙地边缘，有万亩松林，是中华人民共和国成立后第一片獐子松人工防风固沙林，因为固沙造林的成功而闻名全国，甚至饮誉世界。张连印从山西省林业厅得知，章古台镇育苗专业户鲁安在辽宁省固沙造林研究所的指导下，于 1997 年就开始培育獐子松树苗，在这方面经验丰富，所以他要找鲁安学艺。

"张将军把一生都献给了国家和人民，让我感动得落泪了。"鲁安回想起十几年来与张连印交往的过程激动地说，"第一次见到张将军，他脸上没有退休后的安逸表情，眼中闪烁着光芒，腰板儿直挺，英姿勃发，格外精神，让路过他身边的人不由得多看他几眼。"

鲁安在和张连印的交谈中了解到，张连印退休后要倾其全部精力改变家乡左云县獐子松存活率低的现状，奉献自己晚年的余热。鲁安暗暗下定决心，一定要在张连印绿化荒山的行动中尽可能地提供帮助。

从2005年到2012年，张连印先后八次到章古台镇学习探索獐子松培育技术，虚心向当地的育苗人请教。当地以鲁安为代表的育苗人听说了张连印得了肺癌仍然继续种树的事迹后，深为感动，以较低的价格为张连印筹集了二百万株獐子松树苗……辽宁与山西，将军与农民，一群育苗人与一个绿化人，为了一个共同的目标走到了一起。

提起两个人相处十多年的经历，鲁安激动地说道：“在张将军身上看不到高傲劲，也没有豪言壮语，就如同一位平凡的老人，令人尊敬，令人感动！”

除了鲁安，张连印还抓住一切机会向其他人拜师学艺。

2019年初春的一个早晨，山西省应县一家苗木基地的门卫王师傅还在睡梦中，突然被一阵急促的敲门声惊醒了。

“这才几点啊？天还没亮呢，你找谁啊？”王师傅有些生气地问。

“我想买些榆树苗。”王师傅打开门一看，一个穿着迷彩服的老人站在门口，背着个小包，满脸微笑地说，“我叫张连印，想从咱这儿买些树苗。另外，我还想找你们技术员请教些问题。”

“您就是左云种树的张将军吧？我知道，我知道！快进来暖和暖和吧！”王师傅赶紧把张连印让进了自己的门房。

“您怎么来得这么早啊？这还不到6点，我们8点才上班呢。”王师傅一边给张连印倒水，一边说。

“我着急啊，活不等人，春季植树需要树苗。我这是刚从石家庄取药回来，在怀仁火车站下了车就直奔你们这里来了。”

故事还要从2009年讲起，那时张连印积极参与京津风沙源治理工程水利水保项目，投入资金新建了一座储水能力约一万立方米的浆砌石池塘，开始探索小流域治理的路径。就像刚开始种树时一样，小流域治理成为张连印的口头禅。他向群众请教，向专业技术人员请教，努力摸索出了一条适合张家场村水土环境特点的小流域治理之路。

由于他们参与了京津风沙源治理工程，所以需要大量的苗木。但是，有些苗木基地为了追逐商业利益，苗木生产管理粗放，乔木多，灌木少；小规格苗多，大规格苗少；裸根苗多，容器苗少，所以看似苗木很多，但真正能成活、适合本地栽植的苗木并不多。

张连印明白，要确保京津风沙源治理工程建设的质量，就需要有大量适应性强、根系发达、抗旱、抗寒、耐贫瘠的优良树种。经过多方打听，他得知应县这边的苗木基地不仅有优质的树苗，还有技术过硬的技术员，便一早急急忙忙赶了过来。

在张连印的邀请下，苗木基地派出技术员来到张连印的苗木基地，帮助他繁育抗风沙的优质苗木，解决了苗木基地苗木单一、品种不全、生长缓慢的问题。

说起拜师学艺的经历，张连印自豪地说："十多年来，我上的是林业大学绿化系，既学了技术，又交了朋友，收获颇丰，但还没有拿到毕业证。跟老师们相处，我学会了育苗，认识了许多树种，掌握了治沙造林和苗木基地建设管理的基本知识，为大面积植树造林奠定了坚实的基础。"

第六章

植树父子兵

张家场村北口的一座旧牌楼旁，几堵倾颓、斑驳的黄土泥墙诉说着几十年的光阴荏苒，依稀可辨的门窗里曾经的人间烟火已消失殆尽。

这就是张晓斌的出生地。

他在这里出生一个月后，就跟着母亲王秀兰去了东胜庄中学，而后随军、参军。他自己从未曾想到，四十多年后，在人生的盛年，他又梦幻般地回到了出生地。

与这几间废屋呈九十度角的一片废墟，是张连印家祖屋所在地，张连印曾在那里住过十八年。如今这里已经完全废弃，不远处的张家场新村既整洁又漂亮。

已经回乡植树七年的张晓斌几乎每天都要路过这里，或许正是这片废墟给了他别样的力量。父子俩怀着同样的家国情怀，回到这片故土。而张晓斌的回归，让张连印的植树事业有了可持续性。

热血儿郎

部队家属院是军人子女成长的一个特殊地方。张晓斌与院里的男孩儿们整天打闹在一起，最直接的童年教化，就是电影里的英雄人物——董存瑞、黄继光、邱少云……“那时战争片子特别多，看到那些打仗攻山头的镜头时，我们一帮孩子就在家属院外面的土坡下，模仿着电影里的人喊着‘冲啊’往上跑，另一帮孩子则在土坡上防御，双方都拿着土坷垃当武器……”有一次张晓斌被小朋友的石块砸到了鼻子，鼻梁险些断裂，血流不止，但回家后没敢吱声……

1979年，是中国历史上一个特殊的年份，发生了一场局部战争——对越自卫反击战。七岁的张晓斌，听着广播里每天传出的边境战事，与一帮男孩儿立即就安静了下来，不再吼破天地追逐。那时已经有极少数人家有了黑白电视，他们每天关注着电视里的战况。

张晓斌跟一帮男孩儿也人人紧握拳头，渴望立即跟着大人上战场，保卫国家。“那时我们每个男孩儿几乎都穿着一身用大人的军装改小的绿衣服，学着大人的样子，戴着一顶旧军帽，相约着一起上战场……”

张晓斌崇拜自己的父亲，每天穿着王秀兰给他改做的那身小“军装”，幻想着有一天自己也能穿上真正的军装。部队训练时，他就跟在队伍后面“实战”。他说：“那时，感觉当兵真是一件特别光荣的事，每天做梦都琢磨着怎么去当兵。”

张晓斌十五六岁时，经常流鼻血，并且很难止住，不知是否跟那次被砸有关。有一次，北京的一位老中医来到张连印家给张晓斌诊断，也没能找出有效的方法。在交流中，张晓斌告诉那位老中医：“我想去当兵！”

“当兵好啊！”那位老中医说。

“可是我爸妈非让我上学，不让我去当兵。”得到那位老中医的支持之后，张晓斌当兵的决心更加坚定了。

开始时，张连印和王秀兰坚决不同意张晓斌去当兵，想让他读完高中再说。张连印说：“你年龄太小，学生还当不好，又不能吃

张连印（右一）与儿子张晓斌（左一）一起查看土质变化情况

苦，当兵也是个窝囊兵！”但张晓斌向父母保证：“我一定会当个好兵！”

张晓斌的坚决态度让张连印和王秀兰不得不慎重考虑儿子的心愿。为了检验张晓斌的意志力，张连印让他先去工地上背水泥：“如果你能吃下这个苦，就让你当兵去；如果你受不住，就要继续上学。”

结果，张晓斌经受住了考验，如愿走进了军营。

军中成长

父子俩有着相同的倔强个性，张晓斌去当兵时提出了一个要求：“哪个连队最艰苦，我就去哪个连队。”张连印心里明白，儿子在心里暗暗赌着一口气，“就是要让你们看看，我能不能当个好兵！”

就这样张晓斌到了侦察连。当过兵的人都知道，侦察连的魔鬼训练常人往往难以承受。而张连印还给儿子立了个规矩：“别人练一次，你练十次……”

张晓斌说：“我当兵时没几个人知道我的身世背景。侦察连离师部很远，我平时也不回家，师里只有个别人知道，但我爸不让他们说出来。”张晓斌当兵后果然兑现了自己的诺言——擒拿格斗、野营拉练、军事比武，样样都行。他吃过不少苦，负过不少伤，洒过汗，也流过血，几年后便锻炼成了一名军事素质过硬的侦察兵。张晓斌说：“当时我们班的班长是唐山人，各个科目都领先。我非常敬重他，就偷偷地以他为榜样，经常在某些科目上跟他叫板，比如二十五米跃进速射钢板靶：先是卧倒据枪，然后收枪突然跃起，蛇形向前冲锋，同时更换弹匣，子弹上膛，到达终点时在奔跑中卧倒出枪射击，用最快的速度打掉一百五十米外的钢板靶。这个科目重复了几次，我都完胜班长！战友们都说我这个新兵不给班长面子，我就提议跟班长再比一次，但班长摆摆手，特别服气。”

为了争口气，当然更是因为对军人身份的热爱，张晓斌一门心思放在训练上，事事争先，从来没让班长、排长、连长照顾过。而他们对张晓斌的要求也格外严格。有一次在雨中做“背摔”训练，很多战士都不能过关，但张晓斌咬牙坚持着过了关，战友们都惊讶于这个年龄最小的战士竟如此刚毅。终于，张连印和王秀兰相信了儿子的选择。

“在侦察连当兵的时候，连长和指导员经常讲：‘要想当一名出色的侦察兵，没有文化是不行的。’在训练之余，我就开始努力学习，后来考上了石家庄陆军学院。”张晓斌全家都和石家庄有缘，1995 年，张连印也被调到了驻防在石家庄的第 27 集团军任副军长。

在石家庄陆军学院，很多学员都不愿意报考侦察专业，因为这个专业的科目训练没有超人的毅力是难以承受的，跟张晓斌一起考入的战友，都选择了其他专业，但张晓斌坚决地选择了侦察专业。前三个月的强化训练，就像影视剧里特种兵的魔鬼训练，有些战友坚持不到最后，只能被淘汰了。说到那段经历，张晓斌颇为自豪：“我们队从战场上下来的占了将近三分之一，立过一等战功的有三个人，还有几个人是立过二等功的，立过三等功的就更多了，还有中央警卫团的十名战友。”

每天从早晨 5 点起床到晚上 10 点睡觉，除了吃饭，不停地训练，强度之大超乎想象，但张晓斌从不叫苦，一直咬牙坚持。他所在的

张晓斌身着戎装

一班被称为“窗口班”，几乎所有的流动红旗都挂在这个班。这个班的学员是经常流动的，今天你有资格留在这里，并不能说明你永远具备这个资格，稍有懈怠或有一项科目考试成绩在良好以下，就会被调整到别的班，立即有优秀的学员补充进来，而张晓斌从入学到毕业一直都在这个班，是少数从未被调整过的优秀学员之一。

有一次学院师生在礼堂里开会，学员们被要求保持一动不动的坐姿。开始时学员们都能坚持，几个小时后，就有了小小的骚动，有的动作幅度还特别大。大队长立即点名批评了几个人。接着点到了一直纹丝不动的张晓斌。张晓斌站起来，不知所措：“难道我坚持得不好？”

“你们知道他是谁吗？他是师长的儿子！你们也都看到了，他哪一项不是做得最好？他能做到，你们为什么不能？”战友们纷纷看向他，心想这个小兵真可以啊，隐藏得够深……

张晓斌毕业后回到老部队当了排长，上级考核时觉得他的军事素质过硬，考虑再让他进修。从此之后，在成为一名优秀军官的道路上，张晓斌最值得大写特写的事就是在学业上的砥砺攀登。他先是考入了解放军南京国际关系学院，仍然在侦察专业学习，这次是侦察参谋；接着考入了石家庄陆军指挥学院（2017 年更名为中国人民解放军国防大学联合作战学院）合同战术专业。

最后一个军礼

2003 年，对于张连印家来说，是一个重要的时间节点。张连印做出回乡种树的决定时，张晓斌刚被当时的石家庄陆军指挥学院录取为硕士研究生。

“退休之前，爸爸就对我们说，他想要回老家看望一下亲戚们，然后就准备退休了。”张晓斌说。他还记得当父亲决定退休种树时，大家为他选择了河北省平山县。“平山那边已经给他找好了种树的山头，父亲也去平山转了一圈，但最后还是决定要落叶归根。”在张连印召集的那次家庭会议上，他对老家非比寻常的情感给张晓斌留下了难以磨灭的印象。

刚刚记事时，张晓斌曾跟着姥姥，在老家留下了许多贫穷却温馨的记忆。而张晓斌对家最深刻的印象，则是忻州的部队家属院。

随着年龄的增长，张晓斌多次听父亲讲过他吃百家饭的身世，以及上一辈人的相依为命。在贫苦这一点上，张晓斌感觉父母两边的家庭十分“登对”。张晓斌说：“父亲说，当年他和母亲相亲时，了解到母亲也是家境贫寒，从小养父、养母辛苦劳作供她读书，和他这个父亲早逝、母亲改嫁，爷爷、奶奶相继去世的苦孩子‘门当户对’，所以就相中了母亲。后来，我也渐渐理解了父母对老家的人的感情。”

张连印对左云县老家的深厚感情，对张晓斌有潜移默化的影响：“爸爸对我后来的爷爷很好，与他同母异父的兄弟姐妹关系也非常融洽；奶奶年老的时候，爸爸接她到了忻州，陪着她去五台山游览，去北京看升国旗……”对于张连印的生母，不少人曾对张连印提出过疑问：“当初母亲只带着弟弟一个人改嫁了，而把幼小的你留在了两位老人身边，你对母亲没有怨言吗？”

张连印深情地说：“没有。母亲永远是母亲，越到成年我越是理解她：一个小脚女人，家里没了男人，而弟弟仍在襁褓中，改嫁是必然的，否则她无法生存。母亲也想带我走，是我自己坚持留在爷爷、奶奶身边的。”

张连印还讲过一件小事。有一次他曾去找改嫁到邻村的母亲，向她要学费。可是母亲也没钱啊，何况她又生了几个孩子，但张连印哭着对母亲说："我也是你的儿子，我只能来找你了……"最后母亲四处借钱，帮张连印交了学费。

"哀哀父母，生我劬劳。"张连印记得这血浓于水的亲情，所

张晓斌在巡查山林

以他成年后，特别是在部队成长后，对母亲的感情日渐加深。不仅如此，张连印对母亲后来生下的同母异父的弟弟妹妹们也格外照顾，无论谁有了困难张连印都第一时间进行帮助，亲如一家。

张晓斌目睹了这一切，深受父亲的影响，对乡情有着特殊的理解。无论读小学、中学还是后来上军校，放假时他都会回到奶奶家、姥姥家以及许多亲戚家……对家乡的感情融入了自己的血液中。

张晓斌的生命中沉淀出两个情结：军人豪情和故乡深情。

促使张晓斌追随父亲回乡种树的一个原因，便是他对故乡的风沙记忆。

张晓斌上学时，每次放假都会回到左云县，他对风沙的记忆一直很深刻："沙子打到脸上那叫一个疼，那时村里好多窗户还是纸糊的，也有少量的玻璃窗子，旋起来的沙子打到玻璃上噼里啪啦响，扑到窗户纸上就会打出一个洞。"

"有时候，我和小伙伴们正玩着，唰的一声，黄风黑土就啪啪啪地刮过来了，石头子儿都能从地上蹦起来，速度太快了。而这些年树越种越多，风沙越来越小。"他指了指苗木基地院外的牌子，说，"看到门口那块牌子了吗？原来每年到冬天它肯定要被刮烂，现在即使风再大，也基本没有沙子了，它也不会坏了。我爸妈刚开始回来建立苗木基地时，这个河滩的样子别人难以想象，我却是可以想象出来的。"

张连印刚建苗木基地的时候，张晓斌虽然回家不多，但对那个荒凉河滩上的"小龙卷风"有着深刻的印象："就这么一小轮、一小轮地卷起来，上下翻卷着，一边卷一边往前，无数个'小龙卷风'最后汇成一个'大龙卷风'，唰的一声，黄风黑土就把石头子儿都扬到了半空中，所以说那时我们这个村子基本上生活在风沙里。这也是我们这里成为国家风沙源重点治理区域的原因。政府也种过许多树，是那种小叶杨，但它们一到冬天叶子就掉光了，遮挡的作用明显不如松树，因为松树到了冬天依旧还是绿的，既是景观，又能防风治沙……"

张连印刚回乡的时候，三十多岁的张晓斌正处在事业发展的鼎盛期，最多"五一"假期能回左云县两三天，那时正值植树的黄金季节，他也只能与张连印、王秀兰匆匆见一面；夏天偶尔回来一下，老两口儿也无暇顾及他。张晓斌说："那时以为老两口儿就是扛着铁锹上山栽几棵树这么简单，根本没想到他们动了真格的，好家伙，一下子栽了那么多树！又盖房又建苗木基地，搞大了！我这才明白他们已经打算在这里扎根了。"

随着时间的推移，张晓斌看到树越种越多，山上从光秃秃的到绿油油的，绿化的效果已经摆在人们面前。"我这才感觉到父母的确干了不少事，当然也知道他们吃了不少苦。尽管满嘴血泡，浑身泥土，可是他们两个人都很快乐。"虽然见面不多，但张晓斌渐渐地明白了父亲的决心，"他绝对不是头脑一热，而是那么长时间都坚持下来了，我对他就更发自内心地敬佩了。"

最终让张晓斌下定决心回乡的，还是张连印的病。

2009年，张连印回乡植树的第七个年头儿，他经常感觉身体不舒服，呼吸不畅的感觉也日甚一日。此时，他已植树五千多亩，建了三百亩苗木基地，还要开辟新的植树基地，整天忙成了一个高速旋转的陀螺，去医院检查的事一拖再拖。

又过了一年，呼吸不畅的感觉甚至影响了他的日常生活，人也日渐消瘦。妻子王秀兰心疼地说："要不，我帮你看管着树苗，你去休息一段时间？"王秀兰以为丈夫是连年奔波劳作，疲惫过度了。

张连印其实心里明白，若不是植树的活要紧，他真的该去医院检查检查了。为了安慰妻子，他若无其事地说："如果这点活能把我累倒，那我这四十年兵不就白当了？放心吧！我这把老骨头硬朗着呢。"

一直到2011年6月，张连印感觉身体越来越差，实在不能再支撑了，就以出差为名，一个人偷偷地跑到北京解放军301医院做了个全面体检。医院诊断为右肺叶癌变，当即让他办理了住院手续。

再也无法隐瞒了，张连印打电话吞吞吐吐地向王秀兰描述了自己的病情；紧接着，在电话里"布置"起了工作：哪块地该浇水了，哪片林子要锄一下草，哪些树该修剪了……所有树林的管理工作都一一交代了。而电话这边，王秀兰早已泣不成声。

长达五个月的化疗，常人是难以忍受的，而张连印却坚强地挺了过来。临出院时，医生婉转地说明了病情的凶险，要他们及早做好"思想准备"，同时建议张连印"到处转转，特别是到空气质量较好的海南疗养"。而张连印呢，哪儿也不去，只是把这些年植树过程中所欠的外债都整理好了，并叮嘱王秀兰要一一偿还。他其实一直在做着随时回到左云县植树战场的准备。

或许是张连印的事迹感动了上苍，奇迹真的发生了：一番治疗之后，张连印的病情大有好转。2012年春节刚过，张连印就对王秀兰说："我现在病情稳定了，植树不等人，咱回左云老家继续种树吧！"王秀兰一听，急了："你不要命啦！"亲朋好友轮番做工作，但这个"倔老头儿"自有主张："我的生命有多长时间，就要种多长时间的树，绿化荒山这条路能走多远就要走多远。"

风风火火地跑回张家场村，张连印像一只放飞的小鸟，挨门逐户去拜年，扭秧歌，闹元宵，走到哪里都是笑声一片：什么癌不癌的，早已被他抛到九霄云外。村里许多人都惊奇地说：“这哪儿像一个得了癌症的病人呢！”

他的身影准时出现在了植树现场。一个癌症病人抱着树苗爬坡上山，大家的心里很不是滋味。安殿英劝他：“你别干活儿了，指挥就行了。”他嘟囔着说：“时间不多了，得抓紧！”

2014年，又是一个植树季节，张连印已经实现了自己当初回乡制定的目标，并继续奋进在绿化荒山防风治沙的道路上。然而，古稀老人正想体验一下胜利的喜悦时，癌细胞却不想放过他——尽管张连印极力掩饰，王秀兰和张晓斌还是发现张连印总是皱着眉头，用手揉着左肋，一脸痛苦的表情，连上炕都很困难。王秀兰问他：“怎么回事？”

“干活儿抻着了，歇歇就好了。”说完他又外出采购树苗了，回来后又连夜组织种树、浇水。

张连印（前排右一）与村民们一起扭秧歌

张晓斌说："当时我妈也发现了。我问我爸怎么了，他说有点儿疼。他扛疼的能力惊人，一般人绝对没法比。他说'有点儿疼'，那一定是剧痛了。我们催着他去检查，他没拒绝，一检查，是骨转移了。"

当时医生提出了两个治疗方案：保守治疗和实施手术。"我考虑着摘掉肋骨后就不能干活儿了，那我活着还有什么意义？我还有好多事要做，只要我能动，就不能当逃兵。"张连印语气坚定地说。

权衡再三，他决定采取保守治疗法。而保守治疗给了他迎头一击：每天一片"易瑞沙"，每个月输一次"艾苯"，经常做CT……每当他剧痛时，理想就会造访。关于理想，诺贝尔文学奖获得者加缪曾说过："心怀理想是一件残忍的事。"此时，为了理想，张连印就把这种残忍强加于自己身上。

张连印每个月都要回到四百多公里之外的石家庄市慈善总会去取那些"靶向药"。按照规定，这个药只能本人亲自取，别人不能代领。无奈，张连印无论多忙，每个月都要"被迫"回一次石家庄。古有大禹治水"三过家门而不入"，而今天的张连印也差不多是这样。为了节省时间，他经常是买上第一天晚上从大同到石家庄的硬卧，在火车上睡一夜"硬板"，第二天一大早下了火车，饭都顾不上吃一口就飞奔着去取药。一向节约的他为了节省时间，很难得地选择了坐出租车。有一次，大女儿张晓梅知道张连印那天要回石家庄取药，想着一家人能团圆一下，踏踏实实地吃一顿午饭，便召集大家聚在了一起，可左等右等，等到了11点多也不见父亲的人影。"是不是路上堵车了？""是不是取药不顺利？"大家纷纷猜测。可一联系才知道，张连印已经坐上了返程的火车……

又一个植树季节结束了，王秀兰试探着劝丈夫："树也种成了，环境也变好了，你也累病了，咱不干了，行吗？咱回石家庄的干休所，守着大医院，冬天往南走，夏天往北走，想去哪儿去哪儿，好好休息，安心养病，行吗？”

显然，回到石家庄，不仅医疗条件，而且其他各方面的条件都比张家场村要好很多。“最重要的是，有利于你养病啊！”王秀兰心疼地说。

谁知，王秀兰却得到了一句硬撅撅的话：“你让我回去躺着等死吗？”

王秀兰只好默然。

也有老朋友关心他：“你真的不担心你身体里的癌细胞吗？”

张连印回答：“只要不影响我种树，我们就‘和平相处’，否则我就消灭它。”

奇迹再次降临了，张连印确诊癌症已经十余年，患肺癌的部位已经钙化，骨转移也没有进一步扩散。

“要是换作他人，可能十个也早已作古。”乡亲们感叹这个奇迹。他们看到的七十六岁的张连印，红光满面，精神矍铄，每天微笑着面对病魔，上山种树，扭秧歌，唱歌，走路比年轻人还快。每当别人劝他“收兵”时，他就把一片生机勃勃的张家场村指给众人看：“你看当年这里都是烂石头、烂河滩、沙丘，现在树长得多好、多茂盛！我的心情别提有多好了！”

十八年，放在时间长河中，如沧海一粟，但在一个人的生命旅程中却举足轻重。十八年中张连印克服了太多的困难，那些超人的毅力和意志体现的是一位共和国将军的初心。这一点，张连印的堂弟张连茂最了解：“是树救了他。别人是被癌症吓死了，他是把癌症吓跑了。”

“三十年是我的‘目标’，我种树要种到八十八岁！”张连印说，“我每天和树打交道，和老百姓在一起，心情好，身体也就好了。”

对张晓斌来说，父亲的病给他的内心带来的触动绝非一般。张连印在北京解放军301医院做手术时，张晓斌陪在他身边，内心如翻江倒海般：“你说你把树种活了，自己却得了这么个病……”张晓斌在张连印做完手术后陪床时，已经觉察到了父亲的想法，而张连印安排后续的植树工作、要偿还所有借款的举动让张晓斌更加感动……当时他并没有想到自己会做出回乡的决定。

2014年，是张连印回乡种树的第十二个年头儿，张家场村已经满目碧绿，十里河滩青翠欲滴，北梁山坡草木葱茏……随着年龄的增长，尤其是身患癌症后，张连印一直在思考一个问题：倘若出现“万一”怎么办？如何履行三十年植树治沙的合同？如何兑现自己对乡亲们的承诺——三十年后把一座座荒山变成绿洲，把一个个绿色“银行”还给父老乡亲？

张晓斌从医生口中听出了“一两年”的弦外之音的同时，也从父亲的神情里多次体味到了他欲言又止、隐隐期待的复杂意味。张晓斌说：“父亲是一辈子没叫过苦、叫过累的人。我突然觉得很愧疚：我作为儿子，对他照顾得太少了。”张晓斌突然明白了父亲的心情，那一刻，一个大胆的想法形成了：“我要自主择业，回老家陪父亲一起种树！”

这个想法，刚开始时把他自己也吓了一跳。他表面平静，内心却沸腾了。

那时正是2015年年初，四十三岁的张晓斌已经正团职八年、河北省军区后备干部三年，并且和他同批“后备”的同事大都已经提拔，他晋升副师有很大的希望。他条件具备，成绩突出，两次被河北省军区评为“优秀武装干部”，被原北京军区授予“人武之星”称号。这一切都是张晓斌努力奋斗的结果，他从没有借助过父亲的影响力，张连印也绝对不会为了儿子去找老战友、老同学“打招呼”。

就在这么关键的时刻，张晓斌居然要放弃“大好前程”，并且态度坚定：“父亲喜欢种树，我就陪着他一起把树种好！我要陪他走完生命的最后时光，让我此生不留遗憾。”

张晓斌的决定，无异于张连印当年的回乡，又是一石激起千层浪。

首先是符青梅极力反对：“你‘后备’都三年了，工作也干得不错，年年优秀，咱升了职再回去不行吗？你提个副师再回去，也对得起自己的军旅生涯。”

“你看咱爸这个情况……”符青梅是医生，非常明白北京解放军301医院的医生说出的“一两年”意味着什么。当时符青梅的身体也状况频出，刚做了手术。并且两年前，张晓斌的岳母也在北京同仁医院做了手术……符青梅就是在那时感受到了工作、家庭的双重压力，格外焦虑。

张晓斌的战友们，听说他要离开部队回左云县，不是一般的诧异，而是一致反对：“你最多再坚持一两年就提副师了，难道你是特意为别人让位？”

而张晓斌的一个发小儿在广东开公司，听说他要离开部队，说：“你来我公司吧！我一年给你几十万的年薪不成问题！”

“要是因为钱，我就不走了；都是因为我爸的病，我才选择扛起这份责任。”张晓斌告诉发小儿。

张晓斌下定决心后去向石家庄警备区的领导汇报。他先到了司令员鲍际国的办公室。鲍司令听了，一拍桌子，忽地站了起来：

“你开什么玩笑！你这么优秀，工作成绩又这么突出，谁走你也不能走！”

张晓斌又是一通解释。过了半天，鲍司令才稳住情绪，表示理解：“你跟政委说了吗？”

“还没有。我马上去跟政委汇报。”他回答道。

然后他找到了政委，说了他的决定。“你怎么能走？你可是咱们警备区唯一一个‘后备’。你走是什么意思？”政委的震惊绝不亚于鲍司令。张晓斌说：“我爸得了癌症，现在已经骨转移。我这做儿子的，想回去陪陪他，宁肯放弃自己的‘前程’。”政委听了，唏嘘不已。

真正到了脱下军装的那一刻，张晓斌的内心如大海掀起巨浪般激荡翻滚，他想到了当年第一次穿上军装时的心情。这身军装，他一穿就是二十八年，一旦脱掉，就是永别。他把军装挂在面前，看了又看，满眼不舍，向着军装敬了最后一个军礼。

开启植树治沙的新时代

2015 年春天，张晓斌回到左云县，正好赶上植树季节。

这时，张连印已经植树十二年。

回到张家场村的当天，参加了简单的家庭聚餐后，张晓斌正式开启了农民的生活模式：上山植树、整地、挖坑、起苗、浇水、覆土、围栏……像当年的张连印一样，张晓斌与民工们同吃、同住、同劳动。没多久，他的脸就变得粗糙黝黑，嘴唇起泡，口腔溃疡，没了一点儿城市人的影子。

张晓斌有年青一代的智慧和韬略。根据形势的发展需要，他将父亲的种树事业进一步完善、发展、推进，使张连印的绿化事业更具有可持续性，从此正式进入植树治沙的新时代。

张晓斌说："我爸爸那会儿只是想着义务植树，没有考虑过资质问题。但是我回来的时候，政府已经发布了许多荒山治理的项目，需要招标竞标。而我们必须具备一定的资质才能参与竞标。"因此张晓斌申请注册了大同市庆丰农林有限公司，获得了三级造林资质。为了给植树事业储备更加强劲的能量，在每年的植树之余，张晓斌都会带领着苗木基地的工作人员，组织村里的贫困户和一些有技术的劳动力，参加乡村品质提升工程以及京津风沙源治理工程，既帮助贫困户增加了收入，又贴补了义务植树。同时，张晓斌还承包了村里一百亩的半荒土地作为试验田，种植玉米、土豆、油菜、香瓜、西瓜，养了土鸡，放了鱼苗，尝试套种中药材，并从东北引进了俄罗斯深秋红大果沙棘品种，增加了种养品种，扩大了种养规模，从而形成了农林牧及劳务输出相辅相成、综合开发的新路子，增强了植树治沙工程的活力。

考虑到父亲的身体状况，张晓斌不想让他下地了，让他只指点一下就行了……可张连印哪听得进去呢。魏巧红说："他那人，才不听呢，只要活着有一口气，就要种树。"

"回来的第一年，有的山上没有通路，所有的树苗和水都是靠人力手提肩扛送到山上的，一天下来，我的手和肩膀都磨破了。当时真正体会到了父亲他们这些年来多么不容易！"张晓斌说。回到村子后，张连印带着张晓斌到他种过树的地方去看，第一批树已经有六七米高了。

张晓斌一回来，马上也面临着资金困难的问题。由于周边苗木基地的竞争，苗木供应趋于饱和，而有的特殊地块需要特殊苗木，买苗需要钱，雇用工人需要钱，基地的日常运转离开钱也难以为继。张晓斌立即意识到：光靠个人那点工资，能垫多少？能垫多久？因此，张晓斌做出了一个大胆的决定：每年夏天不栽树的时候，他就带着几个常驻的种树主力田四旺、安殿英、魏巧红等人，外出打工。“他们几个人都有家有口，得生存啊。我们参与了村里新农村建设中的修路、盖房、砌墙、挖渠、修整地面、铺电缆、挖槽子等工程。别人只要有需要，我们就去干。这几个人都懂技术，有的懂建筑，有的会木工。比如四旺会修墙砌墙，我们这几间房子装修都是自己干的……这样才能维持基地的正常运转，不然的话树都种不成，更别提发展了。”张晓斌说。

“你这落差也太大了，从‘武装部部长’到‘包工头’嘛！”笔者这样调侃张晓斌。

“哈哈，你这样叫，还真是高抬我了，别人可都管我叫民工呢。因为每当我们有了工程，我都跟着他们一起干活儿。”张晓斌笑着说。

安殿英常年住在苗木基地，见证了张晓斌从一个部队干部到一个农民的全过程。他看着脱去军装的张晓斌，那种心疼和惋惜难以表达：“晓斌的确很孝顺。他是为了帮助爸爸完成心愿，让爸爸高兴，为爸爸的病好，才回来的。实际上，只有我知道晓斌回来后他的生活发生了多大的变化。晚上这里漆黑一片，寂静无声，他要克服寂寞、劳累、资金困难等许多问题。这父子俩，我真服了！”

如今再提到钱，张连印的“家底”可以高调示人了——他种的那些树大多已经成材。有人出高价要买北梁上的松树，被张晓斌坚决拒绝了：“我爸说了，山上的树，一棵也不卖，给多少钱也不卖！”

“那些人买树苗不行吗？”笔者问。

“不行。人家就要最大的、成材的，可以直接用于建房或木材加工。”张晓斌说。

张晓斌曾写过一篇文章《追随那个“高大的背影”》：

在我的心目中，父亲张连印一直是个“高大的背影”。……如今，我回到张家场村已经七年了，深深体会到父亲这些年种树的不易，但每一天都能感受他的幸福和快乐。他是真的爱这片土地、爱这里的乡亲，想为家乡人民做点事。从他的身上，我真切感受到一名共产党员的初心、一个革命军人的本色和一个游子的乡愁。他那“高大的背影”，在我的心中越来越清晰。我也将紧紧跟随他的脚步，为染绿家乡尽自己的一分力……

第七章

左云播绿

左云县先天的地理位置，特别是曾经的高寒和风沙，使这个边塞之地总是招来一些生态环境层面的诟病。其实，真正行走在白羊大地上，尽管正值隆冬，左云县独特的地理风貌和自然风光依然动人。丘陵连绵起伏，松林绿意盎然，古迹数不胜数，文化悠远绵长，风景区遍布全县：北部有摩天岭、五路山、管家堡，中部有古县城、十里河湿地，南部有老虎山、睡佛寺、尖口山、凤凰山……高天厚地，大美山河。当张连印将树遍植左云县后，胸腔中该鼓荡着怎样的柔情与豪情啊！

双泥河村的黄羊

从张家场村到双泥河村，道路蜿蜒曲折，给人一种海拔不断升高的体验。果然，到了村里，空气里的冷意又加重了几分。

老支书张杰的家位于村子中央，秋天收的玉米粒满满地铺满门前的空地，院子里盛放着其他秋收的果实，显得有些拥挤。

张杰对张连印回乡种树从未质疑，并一直坚信他能成功："他做什么我都相信。他当兵前我就认识他，后来他一路升到将军，我还去看过他，知道他能做成大事。他连将军都能当，种树肯定能成！"

“您怎么对他这么有信心呢？”

“他跟别人不一样，是个意志坚强的人，骨子里天生是一名军人！”

张杰比张连印小五岁，曾在张家场村读完全小学。那时张杰跟张连印的堂弟张连茂是同桌，张连印的身世，张杰都从张连茂那里了解得一清二楚。张连印一个人生活，在村里当会计、做记工员，后来参军在部队的表现，都让张杰觉得张连印是一个神奇的人：“他回来种树我不觉得奇怪。他是从苦水中走出来的人，能吃苦。”

张杰曾在张家口服役三年，从1976年到2011年担任双泥河村党支部书记。2004年秋天，张连印的苗木基地已经建好，植树工程开始在张家场村和全乡展开。

张连印最初种树的时候，经常遇到一些村民不理解等阻力，可是到了双泥河村，却是另一种情形。“我是村支书，特别高兴张将军带着人来我们村植树。我全力支持！”张杰至今说起来仍然兴奋得手舞足蹈。

张杰让儿子给我们开车，不到十分钟，我们来到一片獐子松林地。从2004年算起，这片树林已经长了十七年，树干粗壮，树冠茂密，隆冬时节仍郁郁葱葱，并且一眼望不到边。张杰说：“这是一片退耕还林的土地，国家每年每亩给村民补贴一百七十块钱。可是我们尝试了多次都没种活，不过张将军带着人种活了！”张杰脸上笑开了花。

“张将军来这里种树，向您提过什么要求吗？”

“没有。只要有地方给他种树就行！”

“哦！这么一大片，得多少棵啊？”

“这才五百亩，不算多。看那边，”张杰向南边一指，“还有六百多亩呢。一共一千多亩！”

“我天天参加种树，村民们也参加。这些地块的主人等于挣两份钱，国家每年每亩地补贴一百七十块钱，参加种树还有工钱。将军他们带着饭来，他也跟着一起干活儿，是指挥员，也是战斗员。我们一起检查栽种的质量，以保证成活率。”张杰说：“一个大将军，就坐在地上，迎着冷风，开水泡个方便面，再加个小面包。野外不允许生火，他们只能这么艰苦。我有时看不下去了，就把他们请到家里吃顿饭。树种完了，我们还喝酒庆祝了一下！”

“种树之后你们村子有什么变化吗？”

说起这个，张杰滔滔不绝：“一是收入高了，一亩地一年国家补贴一百七十块钱，参与种树还有工钱，村民们高兴啊！将军给大家义务种树，还不要这树，树还是村民的，他给我们村子造福了。将军是个高尚的人，我们非常敬佩他。我叫他大哥。”

张杰抬起头看了看纤尘不染的天空，继续侃侃而谈：“二是环境好了，风小了，黄沙少了。以前我们这里的风叫‘拉骆驼风’，骆驼不是在沙漠里行走吗，蹄子抬不高，我们这里的风就是这样，不在高处刮，专门在地皮上欻欻地响，什么都看不到，却能把骆驼拉倒。最严重的时候，春天，能把半尺高的小麦连根拔出来……而现在这些都消失了，将军功德无量啊！他种树的面积一天比一天大，全县和周边都受益了。”

“可是，这里的温度为什么还是这么低啊？”

“冷是由我们这里的地理位置决定的，尽管还有风吹来，但是没有了沙子，空气很清新……对了，差点儿忘了告诉你们，自从张将军种的这些树成了林，我们这里就有了黄羊！”说这些话时，张杰的双目炯炯有神，面部也舒展了，“知道黄羊吗？那可是国家二级保护动物……”

“您怎么知道那是黄羊，而不是村里养的羊？您见过吗？”

“我在张家口当兵时曾到内蒙古拉练过，那时见过黄羊。它跟我们平时养的羊根本不一样。这些年我见过四只，当我第一次在我们这个村见到这个生灵的时候，别提多激动了，还真以为是看错了。要知道，我从小就没在这里见过黄羊，如果不是风水变好了，它们才不会来呢。”在张杰看来，黄羊索性就是被张连印牵来的。他把这个功绩直接记在了张连印身上：“是将军种的这些树，改变了我们这里的风水！你们看，树多了，草多了，环境好了，是它们自己从内蒙古那边过来的。它们是国家珍稀动物，不能逮，逮了要犯法的。还有，我们这儿的鸟也多了：以前除了麻雀，什么鸟都没有；现在，它们春天来，秋天走。动物们一来，人的精神面貌也好了，寿命也长了，你看我七十多岁了，身体多好！”

小河家口村植树

“老辛啊，你忙不忙？我要到小河家口村（该村即为本书第186页《山西青年报》报道中所称的‘小河口村’）栽树，想请你去帮着看看，要省钱，成本低，容易成活。”自从认识了辛存保，张连印不知发出过多少次这样的邀请了。

2015年4月，辛存保跟随张连印来到三屯乡小河家口村。他往村子周围的山上瞭望了一圈，对张连印提出了他的方案：不要往山上栽，石头太多，水也上不去，不易成活，在山下地势稍平坦的地方栽就行了。

在选择植树的地点上，谁都知道选择山下要比选择山上更容易些。山下土壤好，既可以动用汽车装载搬运树苗，省时省力，浇水问题也容易解决。可是张连印却做了一个出人意料的决定：要栽就往山上栽！辛存保提醒他：往山上栽树是费力不讨好，种植困难，又常年干旱，没有水种上也难活，后期再没人管，就更难活了……

“谁知张将军早就做足了功课。他事先已经了解到村里有好几个羊倌、牛倌，山下的平地容易长草，他要把草留给牛羊们，所以选定了上山种树。而那里的山海拔快两千米了，还要提水上去，太费劲了，我想极力阻止他……”说到这里，辛存保激动地感叹道，“他真不愧是将军啊，一直坚持自己的意见。我能看得出，县里给了他这块地方让他种树，即使条件恶劣，他也特别高兴。”

张连印说起小河家口村植树地点的选择，显得胸有成竹，非常坚定：“植树造林、绿化荒山是为了造福百姓，要考虑到百姓的日常生活和长远利益，要把山下的土地留给乡亲们种田，还要考虑到农户放羊、放牛方便。在山腰、山顶绿化虽然难度大、成本高，但长远的价值高。难度越大的事情越要干成！”

小河家口村位于左云县五路山山脚下。张连印选择的两个种树山头，一个是位于村南的拔吊山，另一个是村西的官山，海拔均在一千七百米左右。辛存保说：“那地方的条件差得不行。我比将军小七八岁，上山时走到半山腰就要休息，最后也没上到山顶；可是将军七十多岁的人了，还扛着树苗上山，每天三四趟，并且跟着民工一起种树，还要检查树坑的情况。”顿了顿，辛存保接着说：“那个村子离县城特别远，他们住在村民废弃的一所旧房子里，连门窗都没有，就铺上一块塑料布在上面吃饭，我也在那里吃过一顿饭，饭菜特别简单……但是他坚持了下来，树都种活了。能有一块地让他种树，他就像捡了一块金元宝一样。他把方便留给别人，把困难留给自己，比一般人想得深、看得远！”

在小河家口村，安殿英担任了这一种树工程的“后勤部长”。其他的民工晚上都回家了，安殿英还要留在小河家口村照看树苗，并且还要保证所有的种树人的伙食。因此安殿英租了一间村民废弃的旧房子，打开门收拾干净以后，他们就在那里安营扎寨了。他还专门请了当时的村委会主任刘满的妻子胡建芳给大家做饭。

刘满家住在村委会旁边，就在村边上，抬头就能看到拔吊山。有一天，植树工程进入到最紧张的阶段，山上山下都干得如火如荼……张连印从拔吊山上往下走，安殿英紧跟在他身后，他发现张连印走路的姿势特别别扭，是那种很费劲的外八字脚走法。安殿英知道张连印得了疝气，所以觉得他肯定不舒服了。正好他们走到了刘满家门口，安殿英一把抓住张连印，把他拉进了院子。胡建芳正在做饭，安殿英把她支到门外：“你先出去一下，我叫你再进来。”

进到里屋，安殿英把门一关，让张连印把裤子脱下来，但张连印不好意思脱，安殿英急了：“你是我大舅哥，咱们两个大男人，有什么不好意思的，脱下来让我检查一下！”

安殿英硬是把张连印的裤子扒了下来。“我一看，眼泪就流下来了。他的大腿上绑着两个疝气袋子，绑袋子的两条带子本来很平顺，但走的路多了，那带子就拧成了麻花，打了纽子，磨着肉了，并且勒到了肉里，大腿根都磨破了，流着血……”至今，安殿英回忆起当时的情景，仍然眼含热泪，“我给他解下袋子，把绑袋子的带子捋顺放平了再绑上，让他不要上山了。可是他哪儿听啊，下午继续上山，还让我必须保密，不要告诉任何人……”

种树十八年，张连印经历了多种病痛。这些病痛的不时“造访”，仿佛在考验他种树的决心，而他每次都以顽强的毅力击退了病魔。

他曾在日记里记下了自己对病痛的态度："人活着，就会生病。这是自然规律。病魔总是在不断地折磨我们的身体，但也让我们变得更加坚强。作为军人，战争年代轻伤不下火线，和平年代更应该不怕困难，不屈不挠，战胜自我！"

2021 年 12 月，安殿英带着我们前往小河家口村实地采访。从张连印的苗木基地到小河家口村，有四十多分钟的车程。一路上，我们看到了五路山、摩天岭、废弃的教堂以及各种烽火台、堡等，几乎欣赏了半个左云县的风光。

快进村的时候，安殿英激动地指着山上的一片树林大声说道："看到那些树了吗？"

"看到了。树很小啊！"

"你们猜，那些树是怎么种上山的？"安殿英卖起了关子。

"就这山路，车根本开不上去，只能靠人往上背吧？"

"对啦！我们就是把树苗一捆捆背上去的！"安殿英说，"我们现在走的这条路当时是土路，最近两年才修好。"安殿英说着话直接把我们带进了刘满的家。

小河家口村不大，三面环山，民房多为石头砌成，无序地散落在大山的怀抱中。刘满家与村委会斜对门，门前有一条路直接通往拔吊山。站在门口，安殿英说："看，我就是在这里把老汉儿拉到他们家里去检查的。"

走进刘满家的院子，顿感眼前一亮，因为在他家的院子里可以看到拔吊山的一整面。刘满和妻子胡建芳都在家。刘满 2015 年至 2017 年担任村委会主任。说起他与张连印的渊源，已有十八年了。小河家口村人口太少没有学校，为了让孩子上学，他们搬到了胡建芳的娘家远尚村居住。远尚村离张家场村不远，他们听说了张连印回乡种树的事，正好想找个活干，而苗木基地正在招工，所以他们夫妻俩都到了苗木基地干活儿。刘满说：“那时我们在苗木基地里装过袋子，挖过树坑，只是远远地看到过张将军，没说过话。我们在远尚村住了七年，又到左云县县城里陪读了三年，2015 年我回到村子里当了村委会主任。”

刘满的家里生着火炉，室外滴水成冰，室内却很暖和。胡建芳是个干净利落的家庭妇女，把家里收拾得整洁清爽。刘满点燃一支烟，憨憨地说：“记得是 2015 年春天，县林业局想绿化我们这里。突然有一天，村里来了一群人，我看到穿着迷彩服的那个人，心想：这是不是张将军呢？别人告诉我，那就是张连印将军！当时我心里别提有多激动了，急忙走上前跟他说话。他说：‘正想找你们村干部商量呢。’我就把张将军他们领到了家里。平时我们这里特别冷清，因为偏僻嘛，根本没人来，那天一下子热闹起来，我们特别高兴。以前也没人能种活过树，山上只有几棵零星的‘老汉杨’……我立即安排人工、水电和住房，全力保障种树！”

当时村里的人口本来就不多，年轻人又都外出打工了，刘满是 1966 年出生的，是全村留守的最年轻的人。

安殿英说：“有时我们简单热个饭，就在刘满家。全村数他家最干净，他女人也最能干，一个人能做几十个人的饭，最多的时候做了七八十个人的饭。”

胡建芳在一旁羞涩地笑了：“就做些家常饭，土豆、白菜什么的，有的是从县城里买回来的，有的就是自家地里种的。”

“我除了协调，也往山上背树苗。七年了，百分之八十以上的獐子松都活了。”刘满感慨地说。刘满家的位置很是特殊，从窗口望出去就是拔吊山，自从种上了树，他躺在炕上一抬眼就能看到山上的绿色。“原来刮大风，整天灰乎乎的，有时看不了二十米远；现在也刮风，但沙土基本上没有了。”刘满开心地说。

虽然后来刘满不再担任村委会主任了，但张连印在别的村子种树时，都会通知刘满，让他组织一帮人帮着种树。这让刘满很有成就感：“这给我们村的村民带来了不错的收入，平时根本找不到活儿的乡亲们跟着张将军种树，每人一天能挣一百多块钱呢。”

安殿英也说：“我们一有任务，我就给刘满打电话，告诉他要组织多少人，再指定地点，让他们跟着我们一起去。一般是每天5点30分他们就起来，7点到达植树地点，中午自己带饭，到下午五六点干完活儿才回家。”

“能记得跟张将军种过多少次树吗？”笔者问。

“太多了。年年春天、秋天都种，得有七八年了。胡建芳也去。”刘满说。

“张将军获得了‘时代楷模’称号，这事你知道吗？”

“知道知道，我在电视里、手机里都看到了，还看到了张晓斌，好像还有巧红呢，特别亲切，特别开心。我对别人说，看，我跟他们一起种过树呢！”刘满自豪地笑着说。

我们去的那天，左云县已经进入隆冬，阳光很好，风特别大，但没有沙子。

安殿英和刘满带着我们上山，路过一个大大的水罐，拖着长长的管子。“这就是水罐，下面放着抽水泵，抽上水去浇树苗。”刘满介绍道。

从山上流淌下来的一条溪流，正好从刘满家前面的山沟经过，此时已全部结冰。

山风猎猎，草木摇曳，沟壑纵横，根本没有一条像样的山路。

2015年还没有修通村路，可想而知他们的车进村有多么艰难。当我们爬到半山腰的时候，山的这一边乌云滚滚，而山的另一边则阳光灿烂，凛冽的寒风像刀子一样吹在脸上。安殿英和刘满像没事人一样，指着对面的一座山，说："看到那些水泥桩子了吗？拉上网子，是为了防止羊啃树。你觉得那些桩子是怎么运到山上去的？"刘满像个考官。

"车拉上去的吧？"我犹疑着说。

"用什么车拉的呢？"刘满继续问。

笔者一时语塞。

"我们用车往山上拉过东西，但不是水泥桩子，而是树苗，差点儿翻了车。你看那山坡陡的，水泥桩子都是我们扛上去的！"刘满说。

说起扛桩上山，安殿英骄傲地说："别看张晓斌、魏巧红他们年轻，扛到一半就上不去了，中间要休息一下，而我和刘满都是一气扛上去，然后马上下山再扛一次，他们年轻人都不如我们俩体质好。"

"你倒是没吹牛，可别忘了，是谁累得午饭都不愿下山吃了？"这一对老"树友"，总不忘互相揶揄一番。

风太大，吹得人几乎站立不住，但刘满平静地指着不远处的山介绍道："看到左边那段山梁了吗？它叫平顶山。对面那座，就是咱们马上要去的，叫官山。为什么叫官山？你看它两边的山头各是一座小山，就像乌纱帽的帽翅……咱们脚下就是拔吊山。"

山风越刮越猛，大家都快站不住脚了，但仍能看到对面山上郁郁葱葱的獐子松。安殿英用身体演示着："扛水泥桩的时候，风大得几乎能把人吹得在原地转圈，风里还带着沙子。现在种上树了，树根护住了地表，草也长起来了，羊也吃得少了，就没有沙子了。今天这么大的风，也没有沙子吧？”

“对了，张将军还会唱歌呢……”刘满指了指附近一片稍微平坦的地方，讲起了种树期间池恒广在这里组织的一场文艺演出。

池恒广全程参与了张连印在小河家口村的植树活动。植树正紧张的时候，他精心组织了文艺宣传队来慰问大家。宣传队成员都是池恒广从县里找的演员和业余文艺骨干——有唱歌的，有唱京剧、晋剧的。他们还带着面包、火腿、榨菜、酒等，所有参加种树的人都集中到半山腰吃饭、喝酒，又找了一块平地，把音箱放好，大家放声歌唱。村民们没见过这阵势，纷纷到山上来看他们演出。有个村里的年轻人刚从外面回来，还上来唱了一首歌……池恒广是想通过这种特别的方式支持张连印植树，感谢他对绿化左云县作出的贡献。当时张连印还唱了一首《母亲》，特别感人，把所有的人都唱得心潮澎湃：

你入学的新书包有人给你拿
你雨中的花折伞有人给你打
你爱吃的（那）三鲜馅有人（她）给你包
你委屈的泪花有人给你擦
啊，这个人就是娘
啊，这个人就是妈
…………

在火热的植树工地上，张连印引吭高歌。他身后拉起的一条大红横条幅上“弘扬苦干精神，绿化山川大地”几个大字在阳光下格外醒目。

刘满想起来：“张将军唱完还讲了话：‘党是我们的母亲，人民是我们的母亲，我们永远不能忘记家乡，不能忘记母亲。’”

刘满正要带着我们从拔吊山去往官山，忽然山上乌云滚滚，风力明显增大，感觉整个人都被吹透了，寒入骨髓。而大地也仿佛被冻僵了，冰冷的空气似乎变成了可以感知的固体，刺得人脸生疼。枯枝、树叶等在坚硬的土地上翻滚，天地间的一切忽然变得像土地一样坚硬……手刚从手套里伸出来，就没了知觉。

这不由得令人担心起来：獐子松能否抵挡得住突如其来的酷寒？

刘满似乎看出了笔者的担心，说道：“这些树很坚强，不用担心。我们这里就是这样，天气变化特别快，可能一会儿就要下大雪甚至是暴雪了，咱们就别去官山了，从这里也能够看到我们在那里种的树，还有那些桩子。”说话间，暴雪已经突然而至，仿佛整个天顶要压下来，大大的雪片扑到我们的身上、脸上，而这一切就在眨眼之间。刘满和安殿英赶紧招呼我们下山。

从小河家口村回到苗木基地，笔者冻僵的手还没伸直，牙齿依然在打战。王凤翔正在屋里，赶紧招呼我们到煤炉子旁烤手。他也是小河家口村植树的参与者，曾一次背着六十株树苗上山。笔者对他讲述了刚刚经历的天气骤变，他显得云淡风轻：“这对我们来说是极为平常的。别看你现在皮肤很好，如果在那里的山上种两天树，保证回去后你的朋友就不敢认你了。”

张连印把树种在小河家口村之后，这个昔日荒僻的深山小村引起了多方关注。2019 年 10 月 18 日的《山西青年报》发过一条消息——《左云县以写生基地带动文旅产业发展》：

小河口村自然生态保存完好，环境幽雅，依山傍水，石屋斑驳，层林尽染，周边有官山石林、小河口新旧石器遗址、北魏金陵围墙，绘画元素丰富，是不可多得的“自然画廊”，步步皆有入诗入画的美景。

刘满说：“张将军在我们这里的山上种满了树，夏天的时候郁郁葱葱，没了风沙，空气非常新鲜，所以文人们就看中了我们这个地方。”

水窑乡换土

电视剧《最美的青春》结尾有一段台词说，老一辈上坝人种树是“吃肉”，也就是说他们占用的都是易于种树的地方；后来者则要“啃硬骨头”了，即要在那些剩下的地势复杂、土质恶劣的石滩石地上种树。种树十多年之后，张连印也需要“啃骨头”了，并且是左云县“最硬的骨头”。

2019 年植树节，争取到水窑乡的植树项目后，张连印立即把辛存保请到了乡政府所在地下山井村，告诉他，自己想在河床上栽树。

水窑乡位于左云县的东南部，紧邻大同市南郊区和怀仁市，距离张家场村有半个多小时的车程。辛存保早就听说过这个地方，就是一块石头滩地，以前县里也栽过树，但都没成活。可是，县、乡政府绿化这一带的决心一直很坚定，只是因为土质问题搁置了。

辛存保指着漫山遍野的石头，对张连印说：“这里就是个石头窝，土质没有比这里更糟糕的了，你要是栽不活可就白浪费钱了，最好放弃吧！”

“我想在这里栽树，你给支个招儿。有办法吗？”张连印问。

“办法倒是有，但费劲又费钱。”辛存保回答。

“什么办法？”张连印问。

“换土！栽大树苗！”辛存保说。

换土，说得轻巧，其实是一个无比艰巨的工程。

水窑乡的栽树工程队队长是田四旺。就像安殿英在小河家口村一样，田四旺当时也在下山井村租了一间房子，住在村里不回家，管理着整个植树队伍。

2021 年 12 月，田四旺带着我们重走那条六点六公里的植树路段。以羊圈头村为植树起点，路边的獐子松在周围一派冬天的肃杀中兀自碧绿着，最高的已经超过三米，粗壮的树干深扎于一片石头中，形成了一种奇特的视觉效果。

我们的车停在主要植树区，一片类似新疆戈壁滩的地貌呈现在眼前。田四旺面对着一排排自己种下的树，就像孙悟空一样，兴奋得一跃而起，欢叫着蹦上山坡，逐棵树抚摩过去，从树干到树冠，再到一枝一叶，就像看到了自己久别重逢的孩子。

这里虽然没有太多沙子，但却有多种多样、大小不一、形状各异的石头。这些石头大多呈灰色或黑色，散乱地铺展在地面上。张连印当时需要征服的，正是它们。

这片石地，不仅辛存保不看好，就连当地的村民都频频摇头，认为张连印是蛮干，绝对种不活树——千百年来，石头一直在那里，连草都很难生长，他却想在石头上种活树，这不是异想天开吗？

我们去的那天，阳光很好，但风极大，站在山坡上就感受到了风的威力。我们站的地方地势较高，田四旺跳到一排高大的獐子松中间，指着远处的一片山坡说：“张将军早就勘查好了，那里的土质比较适合种树，但距离这里足有两公里远。而要换土，首先要把石头搬开，工程量巨大，雇用了许多村民。搬完石头后，又挖出一个个大大的、深深的树坑，然后就是换上运过来的熟土。”

所谓熟土，就是张连印勘查好的山皮土，因为山地高低不平，汽车根本派不上用场，只能雇人把土一筐筐背到植树的地方。

这还不算。这样的地貌对苗木也有特殊要求，就像辛存保告诉张连印的那样，要用大树苗。他们共同勘查分析的结果是，张连印自己的苗木基地土质不佳，又是河滩地，沙子多，不易带“母土”，所以只用了一小部分自己的树苗，大部分树苗是从右玉县辛存保的苗木基地里拉来的。选用的树苗大多两米多高，培育成熟了，能保证成活率。

还有一个环节——浇水。土质改善了，下一步就是要把水存住，否则浇多少水也没有用，树苗还得渴死。浇水量也与别处不同。这样的地貌，刚浇上水，唰地一下子就漏跑了……池恒广往这个工地前后跑了十几次，目睹了石头窝里种树的不易：“浇一次不行，就浇两次、三次……反复浇水。经过张将军的严格把关，最后苗木成活率达到了百分之九十五。”

在这个工程中，池恒广也带着文艺队伍去慰问演出了。当时的中共水窑乡党委书记宋振中也带着人和礼品多次去工地慰问。看着多年无法攻克的难题被张连印解决了，宋振中非常感激：“在满是石头的河床上种活了树，张将军高兴得像个孩子。看着一棵棵树苗直溜溜、绿油油地都活了过来，老百姓纷纷竖起了大拇指，送了他一个‘植树专家’的称号。”

宋振中与张连印在植树上还有着不短时间的交集。张连印刚回到家乡的时候，宋振中在左云县人民政府工作。那时，张连印回乡种树的事迹已经在全县传开，池恒广经常请张连印为全县干部作报告。每年植树节，左云县四大班子都要带领全体干部抽出一天时间参加张连印的植树活动。宋振中听报告时，或参加植树时，远远地见过张连印。

2012 年，宋振中调到张家场乡任乡长，带领乡、村干部多次参与了张连印的植树活动。2016 年，他又调到水窑乡任党委书记。

2017 年夏天，张连印曾在“左云县第一个党小组诞生地教育基地”作过报告。没想到两年后的 2019 年，他就把植树的战场开到了水窑乡。宋振中记得很清楚：“有一次，我刚到工地，正好从右玉拉来一大车树苗。由于那些都是大树苗，有的超过了两米，一

张连印在作报告

位正从车上往下卸树苗的村民抱起一棵直接扔到了地上，树根上带的‘母土’一下子散落了一地。张将军立即上前制止了他，并耐心地给他讲了失去‘母土’树苗难以成活的道理……这个场景，让我印象特别深刻。”

2021 年 4 月，水窑乡被撤销，其行政区域并入店湾镇，宋振中也被调到大同市园林绿化中心担任副主任。说起当时张连印绿化水窑乡的经历，宋振中始终为一件事内心深感愧疚：“张将军种的树几乎都活了，后来那条路也修好了，但因为修路拔掉了一些树，乡里还没顾上补栽，水窑就被撤并了。而最令我惭愧的是：乡里最初本想为张将军种树提供一点儿补贴，哪怕是几千块钱也好，但终因乡里经济紧张而没能兑现，一直到我调离。这让我心里一直内疚，可是张将军从不计较，好像能给他一个种树的地方他比什么都高兴，无论条件多么恶劣他都不在意，这让我在深深的歉意中又有了永远的感动。”

我们往回走时，田四旺感慨地指着一个个路段。那是他们战斗了四十多天的地方，每一处都有着珍贵的记忆。他住在村民家里，晚上不回苗木基地，请了本村的村民崔晓玲给简单地做点中午饭。田四旺说：“池（恒广）部长和首长也时不时地给大家改善一下生活。有一天中午快吃饭了，池部长和首长拉着一个装满鸡蛋汤的很高的大桶，带着热腾腾的肉包子和啤酒，高喊道：‘同志们，吃饭啦！’首长找了块平地，坐下跟我们一起吃。民工们都是花钱雇来的，都自己带了饭，可他还是要去看望慰问他们，并跟他们一起喝酒碰杯，民工们别提多感动了！”

在下山井村一处普通的民房里，田四旺带着我们找到了崔晓玲，他们两个人几年后再见，既惊讶又感到亲切。崔晓玲的脸上化着精致得体的妆容，眼睛大大的，一说话就笑，看上去特别干练清爽。她见到我们，欢快地说：“我本来在煤矿上打工呢，今天婆婆身体不好，就请假在家照顾她，要不你们可找不到我。”

她见到田四旺后特别高兴，不由得回忆起当时种树的场景：“咱们种的树都活了，每次路过那里，我都特别自豪。”

“晓玲别提多能干了。她就在那间房里做饭。”田四旺指着屋子里最中间的一个门说。崔晓玲干脆走过去打开门，那间屋子里面有一口大铁锅，还有煤炉子、电视、大衣柜。田四旺接着说：“晓玲就是在这里每天做四五十个人的饭，下午还跟着大家一起去种树呢。”

“你一开始知道张将军回乡种树的事吗？”笔者问崔晓玲。

“开始的时候还真不知道，我们这里离张家场村太远了，后来就经常在电视里看到，也听人说起过。可怎么也没想到，有一天张将军竟然会到我们村里来种树，所以大家干劲特别足。”

告别了崔晓玲，我们继续往回走。我们的车穿越了整个六点六公里长的植树区段，沿途的獐子松已经松涛阵阵，成了一道亮丽的风景线。车将要驶出下山井村的时候，田四旺指着路边的一处旧房子，有点儿不舍地说：“看，那就是我当时住的房子，真是难忘的四十多天啊！”

希望的种子

在张连印苗木基地的展览室里，有一张他在左云县的植树地图，上面密密麻麻地用红星标注着 2003 年以来义务植树造林的足迹。一颗颗红星，就像一粒粒希望的种子，在人们心中生根发芽，让人人参与绿化的热情变成了自觉行动。他们在全县各处种树的过程中，留下了许多或有趣或奇异或惊险的故事。

2017 年 10 月，田四旺带队到马道头乡雨安庄村的一个大山里种树。那是左云县最南边的一座山，他们要在山上一千二百八十亩地的范围内植树。田四旺说：“那次是张将军跟我们一起去的。我们从苗木基地出发的时候，天气晴朗，阳光灿烂。中午大家吃自己带的午饭时天还很好，可是到了下午两点左右，天气突变，一阵狂风刮来，人们都几乎站不住了，眨眼间大大的雪片就飘了下来。大家都带了棉衣，只有将军穿着平时穿的那件迷彩服，冻得直发抖。一个女村民把自己多带的一件又土又破的红棉袄让将军穿在了身上，迷彩服配上红棉袄，特别搞笑，大家看着将军都哈哈大笑起来。”

田四旺的手机里保存着许多他们种树的照片，有冯家堡村、挂里窑村、二台子村……

张连印的植树沙盘

安殿英凑过来，正好看到其中的一张，马上想起了当时的情景：“这是在挂里窑村。我们第一天挖好了树坑，第二天去栽树，谁知到了村口，一尺厚的大雪挡住了去路。大家都惊呆了，一时回不过神来，才一个晚上雪就把这个村子覆盖了，我们只能又过了几天才去栽。”

挂里窑村属于小京庄乡，那里有大片的煤矿采空区，有些塌陷的大坑经常被荒草覆盖着，从表面上看与正常地面无异，但人和车一旦行至其上，危险便出现了。

2017 年，安殿英带着人在这里栽树时，他们的拉水车忽然不见了，原来是掉进了一个大坑里，只好用吊车把车吊了出来。还有一次，大家正干着活儿，忽然一股灰尘飞到了空中，他们雇用的一个本村女村民不见了。大家围上去一看，她掉进了一个两三米深的大坑里，赶紧找来绳子把她拉到了地面上。

让王凤翔印象最深的是 4 月飞雪：“不仅在小河家口村，别的地方也一样。4 月，本来天好好的，不一会儿就刮起了大风，飘起了雪花，气温一下子就降到了零下十几摄氏度。在山上，我们有时吃方便面，刚倒上开水，就立马凉透了。种好的树晚上得抓紧时间浇水，天黑坡陡，经常是鞋也湿了，衣裳也湿了，满身的泥……”

2020 年 9 月 13 日在马兵村，他们又遇到了坏天气。不过，这次遇到的不是雪，而是雨。

那次，田四旺带着人提前挖好了树坑，又在苗木基地里起好了树苗，民工也雇好了。一大早，张连印就与大家一起兴致勃勃地赶往马兵村。晴空万里，艳阳高照，没有任何变天的迹象。然而，种到还剩下五六十棵树苗时，暴雨骤然而至。张连印担心民工们淋感冒了，说：“先别栽了，雨停了再栽……”田四旺着急地说：“不行，雨这么猛，用不了多长时间土球就会被淋烂，没了‘母土’，树就种不活了。老天爷帮咱们浇水了，咱们更要抓紧啊！”

民工们也纷纷表示要趁着下雨把活干完。张连印也就冒着大雨跟大家一起把树全部栽好。“大伙儿身上全都是泥，一个个泥猴似的，彼此看着，笑了起来。正好下了雨，老天爷帮了我们大忙，不用浇水了，我们特别高兴。”田四旺说。他提前“侦察”过这个村子，带领大家找到了一个村民家的大门洞儿避雨，雨停了才回张家场村。

“瞧，这些树都是我们栽的！”田四旺指着一棵棵树，脸上洋溢着幸福的笑容，“当年我们栽下的树苗，第二年、第三年再看，都长高了，绿油油的，在风中轻轻摇摆，真是太自豪了！”

2019 年秋天，张连印完成了小京庄乡周边五个村子的荒山荒坡绿化工程。在工程接近尾声时，池恒广和张连印在李家窑煤矿旁的一家饭店请五个村的党支部书记吃饭，让他们帮忙养护，别让牛羊啃树。池恒广说：“这一般是我们每次工程结束时的一个必要程序。因为我们还要接着再去其他的地方种树，所以张将军频频地举杯敬酒。为他们村里种树，还请求人家保护，这就是将军面对的困难。我之所以坚决地跟随他、支持他，就是看到了他的这些不易。”

在羊圈头村，有的地方山的坡度在四十度左右，车根本开不上去，开始时用三轮车往山上运树苗，走到半山腰，三轮车再也不能前进了，只能从村里雇民工把树苗背上去。有的地方，草把一些暗坑盖住了，肉眼看不到，车轮轧上就陷进去了。张晓斌的车就曾差点儿翻进暗坑里，最后人们铲来土把坑慢慢地垫了起来，车才开出来。而坡度带来的危险还不止这些，山上风大，风一吹，人站不住，仿佛汽车也摇晃起来，人坐在车里都会非常害怕。

这些年，安殿英、田四旺、王凤翔以及魏巧红，都当过“植树队长”。植树季节最忙的时候，他们通常要组成几个种树小分队，分头去种树。

说起这些工程，他们纷纷说“这可不是什么轻省差事”——倘若“慢待”了树苗，首长可不留情面，他会逐一检查的……当然，首长又是慈善家：“忙的时候，首长要求我们冲锋陷阵，我们从没有含糊过；闲的时候，他比平时高强度劳动时还关心我们，从不扣发工钱。别以为我们出来干活儿就是为了挣钱，钱固然要挣，但得有尊严地挣。首长让我们感到我们不仅是在为自己、为家里干活儿，还是在为大家、为国家干活儿，所以我们自觉、自愿、自信地在为种树出力流汗，我们愿意为他和他领导的种树工程上刀山下火海……”这些普通植树人的话，字字滚烫，句句炽热。

距离小河家口村步行半个多小时路程的北面大山上，还有一个张连印的植树工地，那就是二台子村。那里的海拔在全县最高，有两千多米。池恒广也曾到那里慰问过张连印等人。工程结束时，池恒广与张连印并肩站在林地前展望未来，两个人的脸上浮现出前所未有的欣慰和幸福的神情。那年，张连印正好七十岁，池恒广对他说：“十年后，等您八十岁的时候，咱们再上来看看这些树，看看到那时树长成了什么样子。咱们每个工地都要去看，那时左云到处都是绿色，咱们得多么自豪啊！”

第八章

深情藏沃土

灵魂在高处

十八年风餐露宿，十八年含辛茹苦，十八年终磨一剑。

然而，播下这片绿色海洋的张连印的衣、食、住、行，却无比简单。

先看“衣”。辛存保曾经反复叮嘱：“一定不要忘记写写张将军的迷彩服。”不论春夏秋冬，张连印经常穿的是一身迷彩服，有时还很破旧，并且褪了色。辛存保曾开玩笑说：“将军你也太会过日子了吧，一年四季迷彩服，你得省下多少钱啊？”张连印笑着说：“我从小吃百家饭长大，是农民的儿子，穿着舒服就行，哪有那么多讲究！”

张连印偶尔也穿一些便装，比如，一件半大的黑色羽绒服，一条浅色裤子。在一张照片上，他正蹲在地上为一群围着一棵树苗的人讲解着，身上穿的是一件蓝色夹克、一条深色裤子。他给大家作报告时，穿着也很随意，有时是迷彩服，有时是一件米色上衣、一条灰色裤子。王秀兰说：“我和孩子们都给他买过便装，但他这个人从不讲究穿着，往往拿起一件衣服穿上就出门。有时下地前，我叮嘱他穿得整齐些，可他才不管呢，穿上一件就走了。他太不修边幅了！”

再看“食”。无论是曾经的勤务员，还是后来苗木基地的厨师，都记住了张连印的“最爱”——大烩菜，就是把土豆、白菜、豆腐、粉条四种食材简单地炖在一起，他百吃不厌。当初，他的勤务员渠元德第一次到他家为他做饭烧煳了的，就是这道菜。所以苗木基地的厨房里满是土豆，位于十里河堤下的菜窖里也经常储藏着土豆、白菜。

与河北坝上相同，左云县人对土豆怀有一种极特殊的感情。曾经，土豆是左云县人果腹的最大希望；而今它是多种美食的主料和配料。在苗木基地采访期间，有一天中午赶不回县城吃饭，有幸尝试了一种土豆的当地吃法——柴火烤土豆。在院外池塘边的一处空

苗木基地员工田四旺正在烤土豆

地上，田四旺把一筐土豆堆起来，又在上面盖了一抱枯枝，然后点燃。一股浓烟升起，大约二十分钟后，一缕缕香气飘了出来，土豆烤熟了。我们在王秀兰的指导下，把土豆皮剥开，蘸着料汁，吃进嘴里，满口留香。张连印拿起一个土豆，皮也不剥就大口吃了起来，能看得出他是多么适应和享受这种朴实的乡村生活。他啃土豆时弄得双手、满脸都是黑灰，大家看着他哈哈大笑起来……

张连印的二女婿杨志新曾提到过一种左云县的土豆衍生品——水晶水饺。据说这是左云、浑源、灵丘、广灵等周边各县区过年过节待客时颇具地方特色的风味食品。张晓花和杨志新回左云县时，张二女曾给他们做过，这给杨志新留下了深刻的印象。王秀兰记住了二女婿爱吃这个，所以他们每次回到左云县，王秀兰都会让张二女为他们做这道美食：用土豆磨成的粉和好面做皮，胡萝卜羊肉做馅，等蒸锅里水开后，把包好的饺子放进去蒸上二十分钟，然后就可以出锅了。蒸好的饺子皮像水晶一样晶莹剔透，口感极佳，的确是一种独特美味的地方美食。

莜面，是左云县的另一种重要食品。张二女是厨师，她能做许多种莜面美食，比如莜面窝窝、莜面饸饹、莜面墩墩等。另外，在苗木基地的厨房里，各种罐子令人有些眼花缭乱，一一掀开，里面竟是各种各样的咸菜。地上、筐里除了有硕大的土豆，还放着一些大得吓人的蔓菁，有的如小西瓜那般大小。张二女说那就是做咸菜用的。她对张连印的饮食习惯已经了如指掌：“老汉儿不吃肉，一日三餐，早晨喝粥；中午吃大烩菜，主食是馒头，米饭很少吃；晚上则更简单。老汉儿对饮食的要求简单极了。”

出门在外，或在村外植树时，方便面则成了张连印的首选食物。许多时候，张连印都是与魏巧红、安殿英、王凤翔他们一起，席地坐在植树的地方，盘着腿津津有味地吃着一桶方便面……

接着看“住”。二十五间低矮的平房、一个院子，既是张连印的家，也是他的库房、指挥所。屋子里面是正宗的农舍标配：一进门，是一个类似客厅的地方，在山西农村叫堂屋，靠里相对摆放着两个陈旧的沙发，中间是一个简陋的茶几，四面墙上挂满了朋友们赠送的书画作品。堂屋两侧的两道门分别通往两个卧室，一侧住着张连印和王秀兰，另一侧则是安殿英和张二女。张连印的卧室里靠窗的大土炕极为醒目，上面铺着整张的农村常见的带有粉红色印花的炕垫子，垫子下面露出了电热毯的电线插头……

这个看似平常的小院的墙上题有习近平总书记“绿水青山就是金山银山”的名言，画有中国共产党历史上重要节点的宣传画。院外的整面墙上赫然写着一行标语：“不忘初心，传承红色基因；久久为功，推进植树造林。”这二十个大字，既是张连印绿化家乡十八年的精神写照，也是张连印的胸襟与旨趣。在院外三百多亩郁郁葱葱的苗木基地环绕下，这个普通的农家小院成了一座仰之弥高的精神殿堂。

张连印书桌上的一本《左云文艺》杂志引起了我们的注意。我们采访时恰逢左云县文联主席郑建国带领艺术家们在基地采风，这本杂志正是由他主编的，堂屋墙上的许多书画作品也都是他组织创作的。2020年，他组织全县文艺爱好者三十多人深入到张连印的植树工地采风，创作了关于张连印的二十多幅书法作品和三十余篇文学作品，并在《左云文艺》上集中刊发。从此，《左云文艺》每一期均有一两篇关于张连印的诗歌和散文作品。

房间里还经常会放着几束芳香四溢的鲜花，都是慕名而来的人们为了表达对“绿化将军”的敬意而送的。

陋室德馨。在低矮的小院里，居住着一颗飞翔在高处的灵魂。

最后看“行”。在苗木基地院子里停放的那辆五菱宏光面包车就是张连印的“专车”。

这种车在当地还有一个名字——“圪棒”车，由于车身如同一截木头棒子而得名。提回车后，村里的人谁见了都摇头：“有碍观瞻不说，安全系数也低啊！你一个将军坐这样的车实在是太寒碜了！”张连印却笑笑说：“车就是个代步工具，没啥体面不体面的。”

小女儿张晓花调侃他“抠门儿”：“咋说你也是位将军，开辆掉漆的面包车，好意思出去？”

张连印反问道：“开轿车倒是风光，可铁锨和树苗往哪里装？”

没错，这辆车既是张连印平时植树造林的运输车、工具车，也是他前往石家庄、太原、大同、朔州、乌兰察布等地考察树苗的“专车”。上山植树的时候，车里装的是铁镐、铁锹和树苗，他和民工们一起坐着翻山越岭。有一次，县城里的一个商店老板上山参观，坐了一下这辆“专车”，下了车后他一脸的痛苦不堪，惊异地看着张连印，久久地说不出话来，心想：“一位将军竟然每天就坐这种车！”有一次张连印坐着这辆车到大同开会，门卫都不让他们进大院……

这辆“专车”里面除了仅有的空调外，其他什么高级配置也没有。座套是那种深红色的，由于长期与工具为伍，已经破旧不堪，车内身也有许多被工具刮伤的划痕。而只有坐过这辆“专车”的人，才知道它的“厉害”。2021 年 11 月，张连印、王秀兰和我们一起去右玉县参观“右玉精神”纪念碑，乘坐的就是他那辆“专车”。两地相距大约二十公里，而“专车”在魏巧红手里成了小孩子手里的橡皮泥，无论路况如何，他都开得轻松自如。

安殿英说：“可别小看这辆‘专车’，下了大雪，别人不敢上路，我敢开着它上路。我们还开着它一天之内从石家庄打了个来回，因为种树实在是太着急了！”

大家都劝张连印换一辆稍微高档一点儿的汽车，可张连印坚决拒绝了。他认为，这辆车虽然旧了，但还能跑，日子富裕了，但艰苦奋斗的作风不能丢。直到今天，这辆“专车”仍旧像一名老兵一样“服役”在植树造林第一线，战功赫赫地与大家一起见证着张连印“战斗”的日子。

此处所说的张连印的“行”，不仅仅是坐车出行，还包括步行。

张连印（左一）和村民一起挖土豆

从苗木基地到左云县县城有十六公里，只要没有急事，张连印就会坚持步行。多年的军旅生涯，让步行成了他的一种习惯，在大步行进中他仿佛又找回了在军营里的感觉。在别人看来，这简直不可思议，但这也许就是张连印保持旺盛战斗力的秘诀。他就像被时间淬炼过一样，有着闪闪发光的灵魂，即使老去，依然生动、矍铄。

张连印在石家庄的家电梯入户，冬有地暖，夏有空调，窗明几净，安心舒适；而在张家场村的这个家有的是土炕、煤炉、旱厕、笨拙的烧水壶和破旧的沙发……张家场村的乡亲们至今仍在感叹：“他离开村子四十年，当上了将军，放着大城市里的大房子不住，退休后回到村里种树，就像从来没有离开过一样，一回来就变回了农民，顿顿吃土豆和莜面，年年参加社火，跟着乡亲们一起扭秧歌，常常和村里的老汉儿蹲在墙根儿下晒太阳、聊天儿，看到谁在挖土豆就下地去搭把手，怎么看都不像个当过官的人哪！”

在池恒广眼里，张连印的“富有”更在于灵魂的丰盈：“我总觉得世界上这样的男人太少了，有血性，干大事，讲义气，有理想……他把身段放得很低，灵魂却在高处，这样的人就是国宝。”

绿染山丘

深秋时节，张连印正在组织农技人员查看沙棘长势。种植沙棘，是左云县扶贫办统一安排的扶贫项目。

张连印指着整片新种植的沙棘地说：“看今年的长势，三年挂果不成问题，到时候农民增收就有了希望，沙棘果就变成了酸溜溜的‘金果果’。”沙棘对土质要求不高，适合在沙质土壤中种植生长，并且能起到防风固沙的作用。

张家场村是典型的塞北高原丘陵地区，土壤特别适合沙棘树的生长。一开始，张连印在荒坡、河滩等无人种植的地方种沙棘树。后来，张连印动员村里的乡亲们也种植沙棘树。可当时许多乡亲们并不看好沙棘树，因为种庄稼当年就可以看到收成，而沙棘树要等到三年以后才能挂果，所以很多人并没有种。

但张连印没有灰心，他先在自己的苗木基地种植了沙棘树，一年、两年、三年……沙棘树苗慢慢长成，剪枝挂果，最后加工成了沙棘汁，变成了收入。

眼前活生生的事例让村民们看到了沙棘树带来的变化，张家场村一下子就种了三百多亩，第二年又种了二百六十多亩，当时的村支书张连功高兴地说："第一年种下的，明年就应该见收成了。"

刚刚从中共左云县委组织部调入左云县乡村振兴发展中心任主任的赵虎，早就被张连印的精神所感召，对身边这位"绿化将军"仰慕已久，也一直想尽自己的力量帮助张连印植树治沙。县乡村振兴发展中心的前身就是县扶贫办，赵虎在那里任过主任，知道县里正在积极引导百姓种植沙棘树，赵虎就想把发展沙棘产业作为壮大生态资源、夯实脱贫基础、增加农民收入的主导产业来抓，并引进沙棘新品种，集中连片种植，使沙棘果成为晋西北的特色农产品。赵虎动情地说："张将军不仅为改善左云县的生态环境作出了巨大的贡献，还以实际行动参与到国家的脱贫攻坚大战略中，对左云县的脱贫工作也是功不可没。以后我会尽我的力量，在项目、信息等方面全力支持他。"

在脱贫攻坚最紧要的关键时期，张连印一边植树，一边想方设法带动乡亲们增收，并和村两委扎实推进旧村整治和村容村貌提升工程，开展植树造林以工代赈，优先吸纳贫困人口在造林基地务工，先后为二十六名贫困劳动力提供了年均六千块钱的劳务收入。他还免费为种植户提供幼苗，开展技术培训，鼓励大家自建苗木基地，拓宽致富渠道，既促进了贫困人口增收，又促进了荒坡荒地增绿。

五十九岁的村民魏随社是张家场村建档立卡贫困户，没有固定收入来源，不善言辞，情绪不太稳定。张连印主动靠近他去做思想工作，帮他增强致富信心，并安排他进入苗木基地务工，手把手地对他进行技术培训。几年下来，魏随社性格开朗了，日子也慢慢过好了，逐渐脱了贫。

王凤翔退休后全身心地参与到张连印种树以及慰问村里的困难户和牛倌、羊倌等活动中。王凤翔说："十八年来，张将军为了慰问这些困难户、羊倌、牛倌、五保户，每年都会自己出钱。我们按他列好的名单，每年两个节日——中秋节和春节，每个节日给一万块钱，一年两万块钱，十八年就是三十六万块钱！"

池恒广接过话茬儿说："三十六万块钱可不止。我们一起出去

张连印（左一）带领魏随社（右一）一起种树

吃饭，如果碰到生活困难有残疾的人，他会非常同情，就会让我们给他们买一份饭。县里的孤儿院他也关注着，每年都会给孩子们捐钱捐物，这也是一笔不小的开销。”

王秀兰说：“他经常到县孤儿院去，给那里的孩子讲他自己的童年，往往这个时候他特别容易动感情……”

就在张连印获得“时代楷模”称号的第二个月的月底，张连茂听天气预报说左云县将迎来沙尘天气，特意早晨、晚上几次出门查

张连印（左二）慰问贫困户王从贵（右一）、魏辫子（左一）夫妇

看，却都没看见沙尘的踪影。张连茂又特意打电话询问了几个其他村子的亲戚，确定了包括张家场乡在内的左云县的多个乡基本没有沙尘。张连茂默默地想："将军这植树造林的功德可真大啊！"

如今的左云县，车在林中走，人在画中游，天空湛蓝，空气新鲜，昔日的漫天黄沙早已不见了踪迹。张二女高兴地说："你们夏天再到我们这里来看看，数不尽的獐子松、油松、沙棘、柠条已经把荒滩荒地变成了郁郁葱葱的林海。树林是绿的，荞麦花是白的，黄芥花是黄的，还有玉米、高粱、土豆、黍子……我们还在路边种了许多格桑花，那景色，简直美极了！"

魏如老人一个人住在村里，子女们都在大同、太原等城市，他们多次要接老人到城市里居住，这位老人却坚决要留在张家场村："我也跟着孩子们去过城市里，可最后还是觉得现在的张家场村空气新鲜，环境也好，老朋友们也都熟悉，住着多自在……看我身体多好，爬二楼，一点儿也不费力！"

胡万金说："魏如老人每天早晨不到7点就围着整个村子散步，锻炼身体，有时还跟着村民们跳广场舞呢。"

张连功接着说："每天早晨晨练的不仅有魏老伯，还有很多男男女女，他们成群结队地围着村子又跑又跳。现在是冬天，看不到花了，要是夏天，我们这里花花草草多着呢，美着呢。这都是因为现在这里环境好了。以前风沙漫天的时候谁敢出门啊！"

其实，风沙并没有消失，而是按照能量守恒定律转换了存在方式：其一，用于风力发电；其二，被树林过滤抚慰，成为和风细雨，滋养着同一片土地上的生灵。

张连印的十八年，迎难而上，不忘初心，牢记使命，在人生最高的海拔，实现了绿化家乡、防风治沙的崇高理想。此时，他比任何时候都感到欣慰："我现在带的'兵'比以前多得多。我和它们一起站岗，一起守护家园！"

张连印走的每一步，都印证着他崇高的理想和他难舍的攀登情怀。他用无比坚实的脚步丈量着自己的人生高峰，这种攀登已经成为他生命中不可或缺的精神之旅。

他为什么会如此拼搏？因为对这片土地爱得深沉。

清风晏晏

十八年，张家场村的乡亲们目睹了十里河滩的巨变：曾经飞沙走石的河滩，变成了三百亩春有花、夏有绿、秋有果、冬有青的苗木基地，培育出了獐子松、油松、杜松、云杉、杨柳及经济林木等优良树苗二十多种、三百余万株。张连印在植树造林的同时，更将一腔深情植入了苍茫大地。

一年四季，苗木基地都碧绿苍翠、生机勃勃。夏日里，微风吹拂，绿绦摇曳，蝶舞蜂飞，满目青翠，美不胜收，没了风沙的侵扰，没了黄土的暴扬。到了秋天，层林尽染，色彩斑斓，仿佛打翻了上帝的调色板……苗木基地的四季，四时不同，恰如北宋画家郭熙在《林泉高致》中所说："春融冶，夏蓊郁，秋疏薄，冬黯淡……春山淡冶而如笑，夏山苍翠而如滴，秋山明净而如妆，冬山惨淡而如睡。"

左云县人描述的，还有苗木基地的月夜：皓月当空，繁星点点，清风徐徐，苗木低语，一派清风朗月的景色。加之张连印廉洁自律，两袖清风，故而苗木基地被乡亲们亲切地称为"清风林"。

2019 年 3 月，张连印的苗木基地被中共左云县委命名为"清风林党性教育基地"。接着，中共大同市直属机关工作委员会确定这里为“大同市青少年党史国史教育基地”；中共山西省委组织部确定这里为“右玉干部学院左云清风林现场教学点”，张连印被聘为“名誉教授”……这里已经成为绿色接力的主战场。

2021 年 11 月，笔者在“清风林党性教育基地”采访时，正好碰到了带领山西省招生考试中心党员干部能力素质提升培训班到这里参观的右玉干部学院教师范晓红。在为学员作报告时，范晓红讲了自己对“右玉精神”以及对张连印回乡植树的理解：从中华人民共和国成立初期到新时期，右玉人民的防风造林史就是中国共产党领导人民从站起来、富起来到强起来的斗争史，就是群众路线的真实写照；以历任县委书记为代表的共产党人，不忘初心，牢记使命，为人民谋幸福，为民族谋复兴，以愚公移山的精神，不等不靠，带领人民脱贫攻坚，终于将昔日的不毛之地变成了今日的绿洲，创造

张连印（前排右五）带领左云县第四期科级干部党史学习教育专题读书班的同志们面向党旗宣誓

了世人难以想象的奇迹。当我们坐在宽敞的教室、住着舒适的宾馆、吃着可口的饭菜时，一定不要忘记那些为此奋斗过的先辈们。前人栽树，后人乘凉。吃水不忘打井人。我们要感恩先辈的付出，感恩党的领导，更要继承这种精神。

范晓红真诚地说："右玉有'右玉精神'，左云有张连印将军。他带领团队植树造林、绿化荒山、建设家乡，坚持了十八年，是我们学习的榜样。他已经成为一面旗帜，不但在左云上空高高飘扬，还在大同、在山西、在全国高高飘扬。右玉干部学院是全国干部进修的阵地，而'清风林'是右玉干部学院的现场教学点，因此，张将军的事迹一定会感染更多的人坚守初心使命，把生态保护坚持下去，把革命传统传承下去。"

全国各地的党员干部纷纷来到"清风林党性教育基地"观摩学习，会议室的留言簿上密密麻麻地写满了一条条情真意切的感言："做一次好事很简单，做一辈子好事很难。""坚守绿化梦，造福家乡人。""当代愚公，我辈楷模。"……更有老部队的战友和部下写给他的诗句："绿化将军张连印，塞北荒山植树人。战友楷模好榜样，万亩青松铸军魂。"

山东潍坊的一位民企老板听了张连印的事迹后被深深感动，专门带着员工赶来左云县义务植树三千多棵，临走时还硬留下了两万块钱。他含着泪花说："我知道了荒山荒坡相比普通的植树，要多浇三次水才能活。老将军退休不褪色，为家乡、为国家植树治沙不容易，我打心眼儿里佩服！"

西藏阿里地区中共革吉县委宣传部长扎西参观完"清风林党性教育基地"，激动地说："我从万里之遥来到左云，又见到了一位山西的孔繁森！"参观结束时，扎西提笔用藏文写下了："共产党万岁！”

卢伯林是山西省怀仁市人，2019 年 7 月调入河北省军区石家庄第五干休所担任所长。怀仁市与张连印植树的地方距离很近，张连印义务植树、绿化荒山的事迹已经传遍怀仁市。卢伯林趁着休假的机会专程来到了张家场村的“清风林党性教育基地”。他说：“一到基地，我便被眼前数不尽的獐子松、油松、沙棘装点成的林海深深地震撼了。在茫茫的林海中，每一棵树都呈现出傲然向上的姿态，像极了一个个军姿挺拔的士兵。”

那次左云县之行，让卢伯林深受感动：“如果不是亲眼所见，谁能相信本可以享受部队优厚待遇的副军职退休干部会住在条件那么简陋的小屋里，穿着简朴廉价的衣服，吃着清淡少油的食物，带领乡亲们干着植树造林的壮举。这于我是一次实实在在的思想教育、一次心灵上的洗礼。即使村子里的条件非常恶劣，他也毫不在乎，始终肩扛一把铁锹，哼着山西小调，步履轻快地奔走在林木之间。”

随着时间的推移，越来越多的人开始关注和学习“绿化将军”的事迹，在每一份关注背后都印证了国人对偶像的重新定义。共和国将军与种树人身份的切换，从军四十年、植树造林十八年的坚守，防风治沙的军令状，与癌症的决战……张连印的这些事迹已然被越来越多的人了解。

刘松峰还统计了张连印事迹在网络中引发的热评，现摘录两条——

那棵树是坚毅笔挺的脊梁，是绿色戎装的风骨；

那座山是报国使命的担当，是誓言无悔的诠释。

回报社会的方式有很多，但老首长选择了种树这条最苦最累，但却又最功在当代、利在千秋的路，在此献上一位老兵最庄严的敬礼！

张连印退休后回乡种树十八年绿化家乡的感人事迹，在网络上广泛传播，广大网民纷纷用“榜样有力量”“可亲可敬的英雄”“真正的军人”等词语来表达对张连印的敬佩之情。

而张连印也开始做更重要的事——强化公众的生态意识，让更多的人投身到植树造林的队伍中来。树，成为张连印生命中奇特的景观，也成为一道绿色的风景线。

村民的不解、种植技术的缺乏、突如其来的病魔等曾经将张连印推到悬崖峭壁的边缘。或许这就是命运之神特意设置的障碍，倘若都是一马平川、一片坦途，又何谈男儿气概？艰难困苦，玉汝于成，人生的高度更显质感：被誉为“史家之绝唱，无韵之《离骚》”的《史记》托起了司马迁的高度；而在周礼不存、生灵涂炭之中，《春秋》《论语》也举起了孔子的高度……苏轼《留侯论》所言的“豪杰之士”：“天下有大勇者，卒然临之而不惊，无故加之而不怒。此其所挟持者甚大，而其志甚远也。”将此作为张连印人生之写照，并不为过。

在纷纷扰扰的世界上，有些人很有钱，得到俗世的许多幸福；但还有一些人，物质匮乏，精神富足，灵魂在高处飞翔。

离开“清风林党性教育基地”的那天早晨，笔者想再去看看十里河的“真容”，张连印与我们同去。从小院到十里河河道，相距约一公里。远处的小叶杨显得萧疏苍凉，满眼的獐子松却青翠挺拔。

张连印正在巡查山林

一排排的獐子松、油松、云杉笔直地矗立在大地上，像整齐列队的战士，把“清风林”装点成了林海。

空气清冽，霜花灼灼，一条沙石小路通往河岸。没有鞭炮，没有掌声，张连印走在沙石小路上，两旁苗木基地里的獐子松像哨兵似的向他致意，而他则怀着万般柔情对它们说：“十八年，你们没辜负我，你们都成材了，我不感谢你们，还能感谢谁？”

这是张连印说给树们的悄悄话——树们听得清清楚楚。

从张连印种下第一棵树开始，十八年，他就像新兵连的“班长”，悉心地呵护着自己的“兵”。昔日的张连印爱沙盘推演，擅带兵备战，面对的是几号阵地；如今战场换了，可他仍把苗木基地命名为1、2、3、4……号地块，仗还是为了人民而打，心里装的依然是父老乡亲。张连印也从“班长”成了“排长”“连长”……从一棵树，到一排树，再到一片林，它们就像守护国门的哨兵，在荒山的哨位上阻挡着风沙。张连印仿佛又重新回到了军营，检阅着他的“部队”。

晨曦中，霜天寥廓，层林尽染。张连印依然是那位披坚执锐的将军，斗志不减。他迈开大步毅然前行，又踏上了新的壮阔旅程……

2021年12月19日初稿

2021年12月29日定稿